biblioteca borges

coordenação editorial
davi arrigucci jr.
heloisa jahn
jorge schwartz
maria emília bender

outras inquisições
(1952) jorge luis borges

tradução davi arrigucci jr.

2ª reimpressão

copyright © 1996, 2005 by María Kodama
todos os direitos reservados

grafia atualizada segundo o acordo ortográfico da língua portuguesa
de 1990, que entrou em vigor no brasil em 2009.

título original
otras inquisiciones (1952)

capa e projeto gráfico
warrakloureiro

foto página 1
ferdinando scianna
magnum photos

preparação
m. estela heider cavalheiro

revisão
cecília ramos
isabel jorge cury

atualização ortográfica
verba editorial

Dados Internacionais de Catalogação na Publicação (CIP)
(Câmara Brasileira do Livro, SP, Brasil)

Borges, Jorge Luis, 1899-1986.
Outras inquisições : (1952) / Jorge Luis Borges ; tradução
Davi Arrigucci Jr.. — São Paulo : Companhia das Letras,
2007.

Título original: Otras inquisiciones (1952).
ISBN 978-85-359-1124-4

1. Ensaios argentinos I. Título.

07-8692   CDD-ar864

Índice para catálogo sistemático:
1. Ensaios : Literatura argentina ar864

todos os direitos desta edição reservados à
EDITORA SCHWARCZ S.A.
rua Bandeira Paulista, 702 cj. 32
04532-002 — São Paulo — SP
telefone: (11) 3707-3500
www.companhiadasletras.com.br
www.blogdacompanhia.com.br
facebook.com/companhiadasletras
instagram.com/companhiadasletras
twitter.com/cialetras

a muralha e os livros 9
a esfera de pascal 13
a flor de coleridge 18
o sonho de coleridge 23
o tempo e j. w. dunne 29
a criação e p. h. gosse 34
o alarmismo do dr. américo castro 39
o nosso pobre individualismo 47
quevedo 50
magias parciais do *quixote* 61
nathaniel hawthorne 66
valéry como símbolo 91
o enigma de edward fitzgerald 94
sobre oscar wilde 99
sobre chesterton 103
o primeiro wells 108
o *biathanatos* 112
pascal 117
o idioma analítico de john wilkins 121
kafka e seus precursores 127
do culto dos livros 131
o rouxinol de keats 137
o espelho dos enigmas 142
dois livros 147
nota ao 23 de agosto de 1944 153

sobre o *vathek* de william beckford 156

sobre *the purple land* 161

de alguém para ninguém 167

formas de uma lenda 171

das alegorias aos romances 177

nota sobre (em busca de) bernard shaw 182

história dos ecos de um nome 187

o pudor da história 192

nova *refutação do tempo* 197

sobre os clássicos 219

epílogo 223

para margot guerrero

a muralha
e os livros

He, whose long wall the wand'ring Tartar bounds...
Dunciad, II, 76.

Li, dias atrás, que o homem que ordenou a construção da quase infinita muralha chinesa foi aquele primeiro Imperador, Che Huang-ti, que também mandou queimar todos os livros anteriores a ele. Que as duas vastas operações — as quinhentas a seiscentas léguas de pedras contrapostas aos bárbaros, a rigorosa abolição da história, isto é, do passado — procedessem da mesma pessoa e fossem de certa forma atributos dela, inexplicavelmente me deixou satisfeito e, a uma só vez, inquieto. Indagar as razões dessa emoção é o objetivo desta nota.

Historicamente, não há mistério nas duas medidas. Contemporâneo das guerras de Aníbal, Che Huang-ti, rei de Tsin, submeteu os Seis Reinos a seu poder e desfez o sistema feudal; ergueu a muralha, porque muralhas eram defesas; queimou os livros, porque a oposição recorria a eles para louvar os antigos imperadores. Queimar livros e erguer fortificações é tarefa comum dos príncipes; o único fato singular quanto a Che Huang-ti foi a escala em que agiu. É o que alguns sinólogos dão a entender, mas sinto que os fatos que relatei são mais do que um exagero ou uma hipérbole de medidas triviais. Cercar um pomar ou um jardim é comum; cercar um império, não. Também não é banal pretender que a mais tradicional das raças renuncie à memória de seu passado, mítico ou verdadeiro. Três mil anos de cronologia tinham os chineses (e durante esses anos, o Imperador Amarelo, Chuang Tzu, Confúcio, Lao Tsé) quando Che Huang-ti ordenou que a história começasse com ele.

Che Huang-ti desterrara a mãe por libertinagem; em sua dura justiça, os ortodoxos viram apenas falta de piedade; Che Huang-ti talvez quisesse apagar os livros canônicos porque estes o acusavam; Che Huang-ti talvez tenha querido abolir todo o passado para abolir uma única lembrança: a infâmia de sua mãe. (Não de outro modo, um rei, na Judeia, mandou matar todas as crianças para matar uma.) Esta conjectura é admissível, mas nada nos diz da muralha, da segunda face do mito. Che Huang-ti, segundo os historiadores, proibiu que se mencionasse a morte e procurou o elixir da imortalidade, vivendo recluso num palácio figurativo, que constava de tantos aposentos quantos dias tem o ano; estes dados sugerem que a muralha no espaço e o incêndio no tempo foram barreiras mágicas destinadas a deter a morte. Todas as coisas querem persistir em seu ser, escreveu Baruch Espinosa; decerto o Imperador e seus magos acreditavam que a imortalidade é intrínseca e que a degeneração não pode entrar num mundo fechado. Talvez o Imperador tenha querido recriar o princípio do tempo e se chamou Primeiro para ser realmente primeiro, e se chamou Huang-ti para ser de algum modo Huang-ti, o legendário imperador que inventou a escrita e a bússola. Aquele, segundo o Livro dos Ritos, deu o nome verdadeiro às coisas; da mesma forma, Che Huang-ti se jactou, em inscrições que perduram, de que todas as coisas, sob o seu império, tivessem o nome que lhes convém. Sonhou fundar uma dinastia imortal; ordenou que seus herdeiros se chamassem Segundo Imperador, Terceiro Imperador, Quarto Imperador, e assim até o infinito... Falei de um propósito mágico; também caberia supor que erguer a muralha e queimar os livros não tenham sido atos simultâneos. Isso (conforme a ordem que escolhêssemos) nos daria a imagem de um rei que começou por destruir e depois se resignou a conservar, ou de um rei desenganado que destruiu o que antes defendia. Ambas as conjecturas são dramáticas, mas carecem, que eu saiba, de fundamento histórico. Herbert Allen Giles conta que aqueles que esconderam livros foram marcados a ferro em brasa e condenados a construir, até o dia de sua morte, a desmesurada muralha. Este fato favorece ou tolera outra interpretação. Talvez a muralha fosse uma metáfora, talvez Che Huang-ti tenha condenado os que adoravam o passado a uma obra tão vasta quanto o passado, tão tosca e tão inútil quanto ele. Talvez a muralha fosse um desafio, e Che Huang-ti tenha pensado: "Os homens amam o passado e contra esse amor nada posso, nem podem os meus carrascos, mas algum dia haverá um homem que sinta como eu, e ele destruirá minha muralha como eu destruí os livros, e ele apagará minha memória e será a minha sombra e o meu espelho e não o saberá". Talvez Che Huang-ti tenha amuralhado o império porque sabia que este era perecível, e destruído os livros por entender que eram livros sagrados, ou seja, livros que ensinam o que ensina o universo inteiro ou a consciência de cada homem. Talvez o incêndio das bibliotecas e a construção da muralha sejam operações que de forma secreta se anulam.

A muralha tenaz que neste momento, e em todos, projeta seu sistema de sombras sobre terras que não verei é a sombra de um César que ordenou que a mais reverente das nações queimasse seu passado; é verossímil que a ideia nos toque por si mesma, além das conjecturas que permite. (Sua virtude pode estar na oposição entre construir e destruir, em enorme escala.) Generalizando o caso anterior, poderíamos inferir que *todas* as formas têm sua virtude em si mesmas, e não num "conteúdo" conjectural. Isso estaria de acordo com a tese de Benedetto Croce; já Pater, em 1877, afirmou que todas as artes aspiram à condição da música, que não é senão forma. A música, os estados de felicidade, a mitologia, os rostos trabalhados pelo tempo, certos crepúsculos e certos lugares querem nos dizer algo, ou algo disseram que não deveríamos ter perdido, ou estão a ponto de dizer algo; essa iminência de uma revelação que não se produz é, quem sabe, o fato estético.

Buenos Aires, 1950

a esfera
de pascal

A história universal é, talvez, a história de umas quantas metáforas. O objetivo desta nota é esboçar um capítulo dessa história.

Seis séculos antes da era cristã, o rapsodo Xenófanes de Cólofon, cansado dos versos homéricos que recitava de cidade em cidade, fustigou os poetas que atribuíram traços antropomórficos aos deuses e propôs aos gregos um Deus único, que era uma esfera eterna. No *Timeu*, de Platão, lê-se que a esfera é a figura mais perfeita e mais uniforme, porque todos os pontos da superfície são equidistantes do centro; Olof Gigon (*Ursprung der griechischen Philosophie*, 183) entende que Xenófanes falou por analogia; o Deus era esferoide porque essa forma é a melhor, ou a menos má, para representar a divindade. Parmênides, quarenta anos depois, repetiu a imagem ("O Ser é semelhante à massa de uma esfera bem arredondada, cuja força é constante em qualquer direção a partir do centro"); Calógero e Mondolfo argumentam que ele intuiu uma esfera infinita, ou infinitamente crescente, e que as palavras que acabo de transcrever têm um sentido dinâmico (Albertelli, *Gli eleati*, 148). Parmênides ensinou na Itália; poucos anos após sua morte, o siciliano Empédocles de Agrigento urdiu uma trabalhosa cosmogonia; há uma etapa em que as partículas de terra, água, ar e fogo integram uma esfera sem fim, "o *Sphairos* redondo, exultante em sua solidão circular".

A história universal continuou seu curso, os deuses demasiado humanos que Xenófanes atacou foram rebaixados a ficções poéticas ou demônios, mas conta-se que um, Hermes Trismegisto, ditara um número variável de livros (42, segundo Clemente de Alexandria; 20 mil, segundo Jâmblico; 36 525, segundo os sacerdotes de Thoth, que também é Hermes), em cujas páginas estavam escritas todas as coisas. Fragmentos dessa biblioteca ilusória, compilados ou forjados desde o século III, *formam* o que se chama o *Corpus hermeticum*; em algum deles, ou no *Asclépio*, também atribuído a Trismegisto, o teólogo francês Alain de Lille — Alanus de Insulis — descobriu, em fins do século XII, o que as idades vindouras não esqueceriam: "Deus é uma esfera inteligível cujo centro está em toda parte e a circunferência em nenhuma". Os pré-socráticos falaram de uma esfera sem fim; Albertelli (como, antes, Aristóteles) pensa que falar assim é cometer uma *contradictio in adjecto*, porque sujeito e predicado se anulam; isso bem pode ser verdade, mas a fórmula dos livros herméticos quase nos deixa intuir essa esfera. No século XIII, a imagem reapareceu no simbólico *Roman de la rose*, que a atribui a Platão, e na enciclopédia *Speculum Triplex*; no XVI, o último capítulo do último livro de *Pantagruel* se referiu a "essa esfera intelectual, cujo centro está em toda parte e a circunferência, em nenhuma, a que chamamos Deus". Para a mente medieval, o sentido era claro: Deus está em cada uma de suas criaturas, mas nenhuma O limita. "O céu, o céu dos céus, não te contém", disse Salomão (1Reis, 8, 27); a metáfora geométrica da esfera deve ter parecido uma glosa dessas palavras.

O poema de Dante preservou a astronomia ptolomaica, que durante 1400 anos regeu a imaginação dos homens. A Terra ocupa o centro do universo. É uma esfera imóvel; em torno dela giram nove esferas concêntricas. As sete primeiras são os céus planetários (céus da Lua, do Sol, de Mercúrio, de Vênus, de Marte, de Júpiter, de Saturno); a oitava, o céu das estrelas fixas; a nona, o céu cristalino também chamado Primeiro Móvel. Este é rodeado pelo Empíreo, que é feito de luz. Toda esta trabalhosa máquina de esferas ocas, transparentes e giratórias (um dos sistemas exigia 55) acabara se tornando uma necessidade mental; *De hypothesibus motuum coelestium commentariolus* é o título que Copérnico, negador de Aristóteles, pôs no manuscrito que transformou nossa visão do cosmos. Para um homem, para Giordano Bruno, a ruptura das abóbadas estelares foi uma libertação. Proclamou, na *Ceia das cinzas*, que o mundo é o efeito infinito de uma causa infinita e que a divindade está próxima, "pois está dentro de nós mais ainda do que nós mesmos estamos dentro de nós". Foi em busca de palavras para revelar o espaço copernicano aos homens e numa página famosa estampou: "Podemos afirmar com certeza que o universo é todo centro, ou que o centro do universo está em toda parte e a circunferência em nenhuma" (*De la causa, principio de uno*, V).

Isso foi escrito com exultação, em 1584, ainda sob a luz do Renascimento; setenta anos depois, não restava reflexo algum daquele fervor, e os homens se sentiram perdidos no tempo e no espaço. No tempo, porque se o futuro e o passado forem infinitos, não haverá realmente um quando; no espaço, porque se todo ser for equidistante do infinito e do infinitesimal, também não haverá um onde. Ninguém está num dia, num lugar; ninguém sabe o tamanho do próprio rosto. No Renascimento, a humanidade acreditou ter atingido a idade viril, e assim o declarou pela boca de Bruno, Campanella e Bacon. No século XVII, ficou acovardada pela sensação de velhice; para se justificar, exumou a crença de uma lenta e fatal degeneração de todas as criaturas, por obra do pecado de Adão. (No quinto capítulo do Gênesis consta que "todos os dias de Matusalém foram 979 anos"; no sexto, que "naquele tempo havia gigantes sobre a Terra".) O primeiro aniversário da *Anatomy of the World*, de John Donne, lamentou a vida brevíssima e a estatura mínima dos homens contemporâneos, que são como as fadas e os pigmeus; Milton, segundo a biografia de Johnson, temeu que o gênero épico já fosse impossível na Terra; Glanvill supôs que Adão, "medalha de Deus", se deleitou com uma visão telescópica e microscópica; Robert South escreveu estas palavras famosas: "Um Aristóteles não foi mais que os escombros de Adão, e Atenas, os rudimentos do Paraíso". Naquele século desanimado, o espaço absoluto que inspirou os hexâmetros de Lucrécio, o espaço absoluto que fora uma libertação para Bruno, foi um labirinto e um abismo para Pascal. Este execrava o universo e gostaria de adorar a Deus, mas Deus, para ele, era menos real que o execrado universo. Lamentou que o firmamento não falasse, comparou nossa vida com a dos náufragos numa ilha deserta. Sentiu o peso incessante do mundo físico, sentiu vertigem, medo e solidão, e formulou-os em outras palavras: "A natureza é uma esfera infinita cujo centro está em toda parte e a circunferência em nenhuma". Assim Brunschvicg publicou o texto, mas a edição crítica de Tourneur (Paris, 1941), que reproduz as rasuras e vacilações do manuscrito, revela que Pascal começou a escrever *effroyable*: "Uma esfera terrível cujo centro está em toda parte e a circunferência, em nenhuma".

A história universal é, talvez, a história da diferente entonação de algumas metáforas.

Buenos Aires, 1951

a flor de coleridge

Por volta de 1938, Paul Valéry escreveu: "A história da literatura não deveria ser a história dos autores e dos acidentes de sua carreira ou da carreira de suas obras, mas sim a História do Espírito como produtor ou consumidor de literatura. Essa história poderia ser levada a termo sem a menção de um único escritor". Não era a primeira vez que o Espírito formulava essa observação; em 1844, no vilarejo de Concord, outro de seus amanuenses anotara: "Dir-se-ia que uma única pessoa redigiu todos os livros que há no mundo; a unidade central deles é tal que se torna inegável o fato de serem obra de um único cavalheiro onisciente" (Emerson, *Essays*, 2, VIII). Vinte anos antes, Shelley declarou que todos os poemas do passado, do presente e do futuro são episódios ou fragmentos de um único poema infinito, construído por todos os poetas do mundo (*A Defense of Poetry*, 1821).

Essas considerações (implícitas, por certo, no panteísmo) permitiriam um interminável debate; se eu, agora, as invoco é para realizar um modesto propósito: a história da evolução de uma ideia, através dos textos heterogêneos de três autores. O primeiro texto é uma nota de

Coleridge; ignoro se ele o escreveu em fins do século XVIII ou no princípio do XIX. Diz, literalmente:

> Se um homem atravessasse o Paraíso num sonho, e lhe dessem uma flor como prova de que lá estivera, se ao despertar encontrasse essa flor em sua mão... o que dizer então?

Não sei o que meu leitor vai opinar sobre essa fantasia; eu a considero perfeita. Usá-la como base de outras invenções felizes parece, à primeira vista, impossível; tem a completude e a unidade de um *terminus ad quem*, de uma meta. E de fato é; na esfera da literatura, assim como em outras, não há ato que não seja o coroamento de uma infinita série de causas e o manancial de uma infinita série de efeitos. Atrás da invenção de Coleridge se acha a geral e antiga invenção das gerações de amantes que pediram uma flor como prova de amor.

O segundo texto que vou citar é um romance que Wells esboçou em 1887 e reescreveu sete anos depois, no verão de 1894. A primeira versão intitulava-se *The Chronic Argonauts* (nesse título, depois suprimido, *chronic* tem o valor etimológico de *relativo ao tempo*); a definitiva, *The Time Machine*. Wells, nesse romance, continua e refaz uma antiquíssima tradição literária: a previsão de fatos futuros. Isaías *vê* a destruição da Babilônia e a restauração de Israel; Eneias, o destino militar de sua posteridade, os romanos; a profetisa da *Edda Saemundi*, a volta dos deuses, os quais, após a cíclica batalha em que nossa Terra perecerá, descobrirão, atiradas no capim de uma nova pradaria, as peças de xadrez com que antes jogavam... O protagonista de Wells, à diferença de tais espectadores proféticos, viaja fisicamente ao futuro. Volta arrasado, coberto de poeira e maus-tratos; volta de uma remota humanidade que se bifurcou em espécies que se odeiam (os ociosos *elói*, que habitam palácios dilapidados e jardins em ruínas; os *morlocks*, subterrâneos e nictalópicos, que se alimentam dos primeiros); volta com as têmporas encanecidas e traz do futuro uma flor murcha. É essa a segunda versão da imagem de Coleridge. Mais incrível que uma flor celestial ou a flor de um sonho é a flor futura, a flor contraditória cujos átomos agora ocupam outros lugares e ainda não se combinaram.

A terceira versão que vou comentar, a mais trabalhada, é invenção de um escritor bem mais complexo que Wells, embora menos dotado dessas virtudes que se costuma chamar de clássicas. Refiro-me ao autor de *A humilhação dos Northmore*, o triste e labiríntico Henry James. Com sua morte, ficou inacabado um romance de caráter fantástico, *The Sense of the Past*, que é uma variante ou reelaboração de *The Time Machine*.*[1] O protagonista de Wells viaja ao futuro num veículo inconcebível, que avança ou retrocede no tempo como os demais veículos no espaço; o de James volta ao passado, ao século XVIII, de tanto se identificar com essa época. (Ambos os procedimentos são impossíveis, mas o de James é menos arbitrário.) Em *The Sense of the Past*, o nexo entre o real e o imaginário

---

* As notas numeradas são sempre do autor, e as notas introduzidas por asteriscos, do tradutor.

1 Não li *The Sense of the Past*, mas conheço suficientemente a análise de Stephen Spender, em sua obra *The Destructive Element* (pp. 105-10). James foi amigo de Wells; sobre a relação deles, pode-se consultar o vasto *Experiment in Autobiography*, deste último.

(entre a atualidade e o passado) não é uma flor, como nas ficções anteriores; é um retrato que data do século XVIII e misteriosamente representa o protagonista. Fascinado por essa tela, ele consegue se transportar para a data em que a realizaram. Entre as pessoas que encontra, figura necessariamente o pintor, que o pinta com temor e aversão, pois intui algo insólito e anômalo naquelas feições futuras... James cria, assim, um incomparável *regressus in infinitum*, já que seu herói, Ralph Pendrel, se transporta para o século XVIII. A causa é posterior ao efeito, o motivo da viagem é uma das consequências da viagem.

É verossímil que Wells desconhecesse o texto de Coleridge; Henry James conhecia e admirava o texto de Wells. É claro que, se for válida a doutrina de que todos os autores são um único autor,[2] tais fatos são insignificantes. A rigor, não é indispensável ir tão longe; o panteísta que declara que a pluralidade dos autores é ilusória encontra inesperado apoio no classicista, para quem essa pluralidade importa muito pouco. Para as mentes clássicas o essencial é a literatura, não os indivíduos. George Moore e James Joyce incorporaram em suas obras páginas e sentenças alheias; Oscar Wilde costumava presentear argumentos para que outros os realizassem; ambas as condutas, embora superficialmente contrárias, podem evidenciar um mesmo sentido da arte. Um sentido ecumênico, impessoal...Outra testemunha da unidade profunda do Verbo, outro que negava os limites do sujeito, foi o insigne

---

2 Em meados do século XVII, o epigramatista do panteísmo, Angelus Silesius, afirmou que todos os bem-aventurados são apenas um (*Cherubinischer Wandersmann*, V, 7), e que todo cristão deve ser Cristo (op. cit., V, 9).

Ben Jonson, que, empenhado na tarefa de formular seu testamento literário e os juízos propícios ou adversos que seus contemporâneos dele mereciam, se restringiu a combinar fragmentos de Sêneca, Quintiliano, Justo Lípsio, Vives, Erasmo, Maquiavel, Bacon e dos Escalígeros.

Uma última observação. Aqueles que copiam minuciosamente um escritor agem impessoalmente, porque confundem esse escritor com a literatura, suspeitando que afastar-se dele num ponto é afastar-se da razão e da ortodoxia. Durante muitos anos, acreditei que a quase infinita literatura estivesse num homem. Esse homem foi Carlyle, foi Johannes Becher, foi Whitman, foi Rafael Cansinos-Asséns, foi De Quincey.

o sonho
de coleridge

O fragmento lírico "Kubla Khan" (cinquenta e tantos versos rimados e irregulares, de prosódia requintada) foi sonhado pelo poeta inglês Samuel Taylor Coleridge, num dia do verão de 1797. Coleridge escreve que buscara retiro numa chácara nos confins de Exmoor; uma indisposição obrigou-o a tomar um sonífero; foi vencido pelo sono momentos após a leitura de uma passagem de Purchas, que relata a construção de um palácio por Kubla Khan, o imperador cuja fama no Ocidente foi obra de Marco Polo. No sonho de Coleridge, o texto lido casualmente começou a germinar e a se multiplicar; o homem que dormia intuiu uma série de imagens visuais e, simplesmente, de palavras que as manifestavam; ao cabo de algumas horas, acordou, com a certeza de ter composto, ou recebido, um poema de uns trezentos versos. Recordava-os com singular nitidez e conseguiu transcrever o fragmento que perdura em suas obras. Uma visita inesperada interrompeu-o, tornando-se impossível para ele, depois, recordar o restante. "Descobri, com não pequena surpresa e mortificação", conta Coleridge, "que, embora retivesse de modo vago

23

a forma geral da visão, tudo o mais, salvo umas oito ou dez linhas soltas, tinha desaparecido, como as imagens na superfície de um rio em que se lança uma pedra, mas, ai de mim, sem a posterior restauração destas últimas." Swinburne sentiu que o que fora resgatado era o mais alto exemplo da música do inglês, e que o homem capaz de analisá-lo conseguiria (a metáfora é de John Keats) destecer um arco-íris. As traduções ou resumos de poemas cuja virtude fundamental é a música são vãos e podem ser prejudiciais; basta reter, por ora, que foi concedida a Coleridge *num sonho* uma página de incontestado esplendor.

O caso, embora extraordinário, não é único. No estudo psicológico *The World of Dreams*, Havelock Ellis equiparou-o ao do violinista e compositor Giuseppe Tartini, que sonhou que o diabo (escravo dele) executava no violino uma sonata prodigiosa; o sonhador, ao acordar, extraiu de sua lembrança imperfeita o *Trillo del diavolo*. Outro clássico exemplo de atividade cerebral inconsciente é o de Robert Louis Stevenson, a quem um sonho (segundo ele mesmo relatou em seu "Chapter on Dreams") teria fornecido o argumento de *Olalla*, e outro, em 1884, o de *Jekyll & Hide*. Tartini quis imitar na vigília a música de um sonho; Stevenson recebeu do sonho argumentos, isto é, formas gerais; mais afim à inspiração verbal de Coleridge é a que Beda, o Venerável, atribui a Caedmon (*Historia ecclesiastica gentis Anglorum*, IV, 24). O caso aconteceu em fins do século VII, na Inglaterra missionária e guerreira dos reinos saxões. Caedmon era um rude pastor, já não tão jovem; uma noite, escapuliu de uma festa ao prever que lhe passariam a harpa, e sabia ser incapaz de cantar. Foi dormir no estábulo, em meio aos cavalos, e no sonho alguém o chamou pelo nome, mandando que cantasse. Caedmon respondeu que não sabia, mas o outro lhe disse: "Cante o princípio das coisas criadas". Então, Caedmon disse versos que nunca tinha ouvido. Não os esqueceu quando acordou, e conseguiu repeti-los diante dos monges do vizinho mosteiro de Hild. Não aprendeu a ler, mas os monges lhe explicavam passagens da história sagrada e ele "as ruminava como um simples animal, convertendo-as em versos dulcíssimos; desse modo, cantou a criação do mundo e do homem e toda a história do Gênesis e o êxodo dos filhos de Israel e sua entrada na Terra Prometida, assim como muitas outras coisas da Escritura: a encarnação, a Paixão, a ressurreição e a ascensão do Senhor; e a vinda do Espírito Santo, os ensinamentos dos apóstolos, e também o terror do Juízo Final, o horror dos castigos do inferno, as doçuras do céu e as mercês e os juízos de Deus". Foi o primeiro poeta sacro da nação inglesa. "Ninguém se igualou a ele", diz Beda, "porque ele não aprendeu com os homens, mas com Deus." Anos depois, profetizou a hora em que ia morrer e esperou-a dormindo. Esperemos que tenha se encontrado novamente com seu anjo.

À primeira vista, o sonho de Coleridge corre o risco de parecer menos assombroso que o de seu precursor. "Kubla Khan" é uma composição admirável e as nove linhas do hino sonhado por Caedmon quase não apresentam outra virtude a não ser a de sua origem onírica; Coleridge, porém, já era um poeta, enquanto a Caedmon apenas foi revelada uma vocação. Há, contudo, um fato ulterior, que engrandece até o insondável a maravilha do sonho no qual

"Kubla Khan" foi engendrado. Se este fato for verdadeiro, a história do sonho de Coleridge é anterior em muitos séculos a Coleridge e ainda não chegou ao fim.

O poeta sonhou em 1797 (outros entendem que tenha sido em 1798) e publicou seu relato do sonho em 1816, à maneira de glosa ou justificativa do poema inacabado. Vinte anos depois apareceu em Paris, fragmentariamente, a primeira versão ocidental de uma dessas histórias universais em que a literatura persa é tão rica, o *Compêndio de histórias* de Rashid ed-Din, que data do século XIV. Em certa página se lê: "A leste de Shang-tu, Kubla Khan ergueu um palácio, de acordo com projeto que vira num sonho e que guardava na memória". Quem escreveu isso era vizir de Ghazan Mahmud, descendente de Kubla.

Um imperador mongol, no século XIII, sonha um palácio e o constrói conforme a sua visão; no século XVIII, um poeta inglês, que não podia saber que essa construção resultara de um sonho, sonha um poema sobre o palácio. Confrontadas com essa simetria, que trabalha com almas de homens que dormem e abrange continentes e séculos, são nada ou muito pouco, parece-me, as levitações, ressurreições e aparições dos livros piedosos.

Que explicação preferir? Aqueles que de antemão negam o sobrenatural (procuro, sempre, fazer parte desse grupo) julgarão que a história dos sonhos é coincidência, um desenho traçado pelo acaso, como as formas de leões ou cavalos que às vezes as nuvens configuram. Outros argumentarão que de algum modo o poeta soube que o imperador tinha sonhado o palácio e disse ter sonhado o poema para criar uma esplêndida ficção que também atenuasse ou justificasse o caráter truncado ou rapsódico dos versos.[1] Esta conjectura é verossímil, mas nos obriga a postular, arbitrariamente, um texto não identificado pelos sinólogos no qual Coleridge teria lido, antes de 1816, o sonho de Kubla.[2] Muito mais encantadoras são as hipóteses que transcendem o racional. Por exemplo, cabe supor que a alma do imperador, uma vez destruído o palácio, tenha penetrado na alma de Coleridge para que este o reconstruísse com palavras, mais duradouras que o mármore e os metais.

O primeiro sonho agregou um palácio à realidade; o segundo, que se produziu cinco séculos depois, um poema (ou início de poema) sugerido pelo palácio; a semelhança dos sonhos deixa entrever um plano; o intervalo enorme revela um executor sobre-humano. Indagar o propósito desse imortal ou desse longevo seria, talvez, tão atrevido quanto inútil, mas é lícito suspeitar que não o tenha conseguido. Em 1691, o padre Gerbillon, da Companhia de Jesus, constatou que do palácio de Kubla Khan só restavam ruínas; do poema, segundo consta, apenas cinquenta versos foram resgatados. Tais fatos permitem conjecturar que a série de sonhos e trabalhos não chegou ao fim. O primeiro sonhador se deparou no meio da noite com a visão do palácio e o construiu; o segundo, que não tinha conhecimento do sonho do anterior, com o poema sobre o palácio. Se o esquema não falhar, alguém, numa noite que

---

1 No princípio do século XIX ou em fins do século XVIII, julgado por leitores de gosto clássico, "Kubla Khan" era muito mais fora do comum que hoje. Em 1884, o primeiro biógrafo de Coleridge, Traill, podia ainda escrever: "O extravagante poema onírico 'Kubla Khan' não passa de uma curiosidade psicológica".

2 Veja-se John Livingston, *The Road to Xanadu*, 1927, pp. 358, 585.

os séculos separam de nós, sonhará o mesmo sonho sem suspeitar que outros o sonharam e lhe dará a forma de um mármore ou de uma música. Talvez a série de sonhos não tenha fim, talvez a chave esteja no último.

Escrito o que precede, entrevejo ou creio entrever outra explicação. Pode ser que um arquétipo ainda não revelado aos homens, um objeto eterno (para usar a nomenclatura de Whitehead) esteja ingressando paulatinamente no mundo; sua primeira manifestação foi o palácio; a segunda, o poema. Quem os comparasse veria que são essencialmente iguais.

o tempo e
j. w. dunne

No número 63 da revista *Sur* (dezembro de 1939), publiquei uma pré-história, uma primeira história rudimentar, da regressão infinita. Nem todas as omissões daquele esboço eram involuntárias: excluí, deliberadamente, a menção de J. W. Dunne, que derivou do interminável *regressus* uma doutrina suficientemente assombrosa do sujeito e do tempo. A discussão (a mera exposição) de sua tese teria ultrapassado os limites daquela nota. Sua complexidade exigia um artigo específico, que agora vou ensaiar. O que me leva a escrevê-lo é o exame do último livro de Dunne — *Nothing Dies* (1940, Faber and Faber) — que repete ou resume os argumentos dos três precedentes.

O único argumento, para dizer com precisão. Seu mecanismo nada tem de novo; o que é quase escandaloso, e mesmo insólito, são as inferências do autor. Antes de comentá-las, anoto alguns avatares anteriores das premissas.

O sétimo dos muitos sistemas filosóficos da Índia que Paul Deussen registra[1] nega que o eu possa ser objeto imediato do conhecimento, "porque, se nossa alma fosse

---

[1] *Nachvedische Philosophie der Inder*, 318.

cognoscível, seria necessária uma segunda alma para conhecer a primeira e uma terceira para conhecer a segunda". Os indianos não têm senso histórico (isto é: perversamente, preferem o exame das ideias ao dos nomes e das datas dos filósofos), mas, ao que nos consta, essa negação radical da introspecção existe há cerca de oito séculos. Por volta de 1843, Schopenhauer a redescobre. "O sujeito cognoscitivo", repete, "não pode ser conhecido como tal, porque seria objeto de conhecimento de outro sujeito cognoscitivo" (*Die Welt als Wille und Vorstellung*, II, 19). Herbart também brincou com essa multiplicação ontológica. Antes de completar vinte anos, refletira que o eu é inevitavelmente infinito, pois o fato de se conhecer a si mesmo postula um outro eu que também se conheça a si mesmo, e esse eu postula, por sua vez, um outro eu (Deussen, *Die neuere Philosophie*, 1920, p. 367). O mesmo argumento, ornado de anedotas, parábolas, boas ironias e diagramas, é o que serve de base aos tratados de Dunne.

Esse autor (*An Experiment with Time*, capítulo XXII) pensa que um sujeito consciente é consciente não só daquilo que observa como de um sujeito A que observa e, portanto, de outro sujeito B que é consciente de A e, portanto, de outro sujeito C consciente de B... Não sem algum mistério, acrescenta que esses inumeráveis sujeitos íntimos não cabem nas três dimensões do espaço, mas sim nas não menos inumeráveis dimensões do tempo. Antes de esclarecer esse esclarecimento, convido o leitor a repensar o que diz este parágrafo.

Huxley, como bom herdeiro dos nominalistas britânicos, sustenta que há somente uma diferença verbal entre o fato de perceber uma dor e o fato de saber que alguém a percebe, e zomba dos metafísicos puros, que distinguem em toda sensação "um sujeito sensível, um objeto sensitivo e esse personagem imperioso: o Eu" (*Essays*, tomo VI, p. 87). Gustav Spiller (*The Mind of the Man*, 1902) admite que a consciência da dor e a dor são dois fatos distintos, mas considera-os tão compreensíveis quanto a percepção simultânea de uma voz e um rosto. Sua opinião me parece válida. Quanto à consciência da consciência, invocada por Dunne para instalar em cada indivíduo uma vertiginosa e nebulosa hierarquia de sujeitos, prefiro supor que se trata de estados sucessivos (ou imaginários) do sujeito inicial. "Se o espírito", disse Leibniz, "tivesse que repensar o pensado, bastaria perceber um sentimento para pensar nele e para pensar, em seguida, no pensamento e depois no pensamento do pensamento, e assim até o infinito" (*Nouveaux essais sur l'entendement humain*, livro II, capítulo I).

O procedimento criado por Dunne para a obtenção imediata de um número infinito de tempos é menos convincente e mais engenhoso. Como Juan de Mena em seu *Labyrintho*,[2] como Uspenski no *Tertium organum*, postula que já existe o futuro, com suas vicissitudes e pormenores. Para o futuro preexistente (ou vindo do futuro preexistente, como prefere Bradley) flui o rio absoluto do tempo cósmico, ou os rios mortais de nossas vidas. Essa translação, esse fluir, exige, como todos os movimentos, um tempo determinado; teremos, pois, um segundo tempo para que o primeiro se traslade; um terceiro para que

---

2 Nesse poema do século XV, há uma visão de "três rodas muito grandes": a primeira, imóvel, é o passado; a segunda, giratória, o presente; a terceira, imóvel, o futuro.

o segundo se traslade, e assim até o infinito...[3] É essa a máquina proposta por Dunne. Nesses tempos hipotéticos ou ilusórios, têm interminável morada os sujeitos imperceptíveis que o outro *regressus* multiplica.

Não sei o que meu leitor vai opinar. Não pretendo saber que coisa é o tempo (nem sequer se é uma "coisa"), mas adivinho que o curso do tempo e o tempo são um único mistério, e não dois. Dunne, suponho, comete um erro parecido com o dos poetas distraídos que falam (digamos) da lua que mostra seu rubro disco, substituindo assim uma indivisa imagem visual por um sujeito, um verbo e um complemento, que não passa do mesmo sujeito, ligeiramente mascarado... Dunne é uma vítima ilustre desse mau costume intelectual denunciado por Bergson: conceber o tempo como uma quarta dimensão do espaço. Postula que já existe o futuro e que devemos nos transportar para ele, mas basta esse postulado para convertê-lo em espaço e para exigir um segundo tempo (que também é concebido de modo espacial, na forma de linha ou rio) e depois um terceiro e um milionésimo. Nenhum dos quatro livros de Dunne deixa de propor *infinitas dimensões de tempo*,[4] mas essas dimensões são espaciais. O tempo verdadeiro, para Dunne, é o intangível último termo de uma série infinita.

---

3 Meio século antes de Dunne propor "a absurda conjectura de um segundo tempo, em que o primeiro flui, rápida ou lentamente", ela foi descoberta e recusada por Schopenhauer numa nota manuscrita acrescentada a seu *Die Welt als Wille und Vorstellung*. Vem registrada na página 829 do segundo volume da edição histórico-crítica de Otto Weiss.

4 A frase é reveladora. No capítulo XXI do livro *An Experiment with Time*, fala de um tempo que é perpendicular a outro.

Que razões haverá para postular que o futuro já existe? Dunne propõe duas: uma, os sonhos premonitórios; outra, a relativa simplicidade que essa hipótese confere aos inextricáveis diagramas típicos de seu estilo. Também quer evitar os problemas de uma criação contínua...

Os teólogos definem a eternidade como a posse lúcida e simultânea de todos os instantes do tempo e consideram-na um dos atributos divinos. Dunne, para nosso assombro, supõe que a eternidade já é nossa e que os sonhos de cada noite o confirmam. Neles, segundo pensa, confluem o passado imediato e o imediato futuro. Na vigília, percorremos o tempo sucessivo em velocidade uniforme; no sonho, abarcamos uma área que pode ser vastíssima. Sonhar é coordenar os relances dessa contemplação e com eles urdir uma história, ou uma série de histórias. Vemos a imagem de uma esfinge e a de uma loja e inventamos que uma loja se transforma em esfinge. Ao homem que amanhã conheceremos emprestamos a boca de um rosto que olhou para nós ontem à noite... (Já Schopenhauer escreveu que a vida e os sonhos eram folhas de um mesmo livro, e que lê-las em ordem é viver; folheá-las, sonhar.)

Dunne afirma que a morte nos ensinará o exercício feliz da eternidade. Recuperaremos todos os instantes de nossa vida e os combinaremos do jeito que nos agradar. Deus e nossos amigos e Shakespeare colaborarão conosco.

Diante de uma tese tão esplêndida, qualquer falácia que o autor tenha cometido se torna insignificante.

a criação e
p. h. gosse

"*The man without a Navel yet lives in me*" ("O homem sem Umbigo perdura em mim"), escreve, curiosamente, sir Thomas Browne (*Religio medici*, 1624) para dar a entender que foi concebido em pecado, por descender de Adão. No primeiro capítulo do *Ulisses*, Joyce também evoca o ventre imaculado e liso da mulher sem mãe: "*Heva, naked Eve. She had no navel*". O tema (bem o sei) corre o risco de parecer grotesco e insignificante, mas o zoólogo Philip Henry Gosse vinculou-o ao problema central da metafísica: o problema do tempo. Essa vinculação é de 1857; oitenta anos de esquecimento equivalem talvez à novidade.

Duas passagens da Escritura (Romanos, 5; 1 Coríntios, 15) contrapõem o primeiro homem, Adão, no qual morrem todos os homens, ao Adão posterior, que é Jesus.[1]

---

1 Na poesia devota, essa conjunção é comum. Talvez o exemplo mais intenso esteja na penúltima estrofe do "Hymn to God, my God, in my Sickness" (23 de março de 1631), composto por Donne: "*We think that* Paradise *and* Calvary/ Christ's Cross, *and* Adam's *tree, stood in one place,/ Look* Lord, *and find both* Adams *met in me;/ As the first* Adam's *sweat surrounds my face,/ May the last* Adam's *blood my soul embrace*".

Essa contraposição, para não ser uma mera blasfêmia, pressupõe certa enigmática paridade, que se traduz em mitos e simetria. A *Legenda áurea* diz que a madeira da Cruz procede daquela Árvore proibida que está no Paraíso; os teólogos, que Adão foi criado pelo Pai e pelo Filho na idade exata em que morreu o Filho: aos 33 anos. Esta insensata precisão deve ter influído na cosmogonia de Gosse.

Ele a divulgou no livro *Omphalos* (Londres, 1857), cujo subtítulo é *Tentativa de desatar o nó geológico*. Vasculhei em vão as bibliotecas em busca desse livro; para redigir esta nota, vou me servir dos resumos de Edmund Gosse (*Father and Son*, 1970) e de H. G. Wells (*All Aboard for Ararat*, 1940). Introduzi comentários ilustrativos que não figuram nessas breves páginas, mas que julgo compatíveis com o pensamento de Gosse.

No capítulo de sua *Lógica* que trata da lei da causalidade, John Stuart Mill argumenta que o estado do universo em qualquer instante é uma consequência de seu estado no instante anterior, e que o conhecimento perfeito de *um só instante* seria suficiente para que uma inteligência infinita soubesse a história do universo, passada e vindoura. (Também sustenta — oh, Louis Auguste Blanqui!, oh, Nietzsche!, oh, Pitágoras! — que a repetição de qualquer estado implicaria a repetição de todos os outros e faria da história universal uma série cíclica.) Nessa moderada versão de uma fantasia de Laplace — este imaginara que o estado presente do universo seria, em teoria, redutível a uma fórmula, da qual Alguém poderia deduzir todo o futuro e todo o passado — Mill não exclui a possibilidade de uma futura intervenção exterior que rompa a série. Afirma que o estado q fatalmente produzirá o estado r; o estado r, o s, o estado s, o t; mas admite que antes de t uma catástrofe divina — a *consummatio mundi*, digamos — poderia ter aniquilado o planeta. O futuro é inevitável, preciso, mas pode não acontecer. Deus espreita nos intervalos.

Em 1857, uma discórdia preocupava os homens. O Gênesis atribuía seis dias — seis dias hebreus inequívocos, de ocaso a ocaso — à criação divina do mundo; os paleontólogos exigiam, impiedosamente, enormes acumulações de tempo. De Quincey repetia em vão que a Escritura tem a obrigação de não instruir os homens em ciência alguma, já que as ciências constituem um vasto mecanismo para desenvolver e exercitar o intelecto humano... Como conciliar Deus com os fósseis, sir Charles Lyell com Moisés? Gosse, fortalecido pela prece, propôs uma resposta assombrosa.

Mill imagina um tempo causal, infinito, que pode ser interrompido por um ato futuro de Deus; Gosse, um tempo rigorosamente causal, infinito, que foi interrompido por um ato pretérito: a Criação. O estado n produzirá fatalmente o estado v, mas, antes de v, pode ocorrer o Juízo Universal; o estado n pressupõe o estado c, mas c não ocorreu, porque o mundo foi criado em f ou b. O primeiro instante do tempo coincide com o instante da Criação, como propõe santo Agostinho, mas esse primeiro instante comporta não apenas um infinito futuro, mas também um infinito passado. Um passado hipotético, é claro, mas minucioso e fatal. Surge Adão, e seus dentes e seu esqueleto têm 33 anos; surge Adão (escreve Edmund Gosse) e ostenta um umbigo, embora nenhum cordão umbilical o tenha ligado a uma mãe. O princípio da razão exige que não haja efeito sem causa; essas causas requerem outras causas, que regressivamente se multiplicam;[2] de todas, restam vestígios concretos, mas só existiram realmente as que são posteriores à Criação. Perduram esqueletos de gliptodonte na baixada de Luján, mas nunca houve gliptodontes. É essa a tese engenhosa (e, antes de tudo, incrível) que Philip Henry Gosse propôs à religião e à ciência.

Ambas a rejeitaram. Os jornalistas reduziram-na à doutrina de que Deus tinha escondido fósseis sob a terra para pôr à prova a fé dos geólogos; Charles Kingsley desmentiu que o Senhor tivesse gravado nas rochas "uma supérflua e vasta mentira". Gosse expôs em vão a base metafísica da tese: o inconcebível instante de tempo sem outro instante precedente e outro posterior, e assim até o infinito. Não sei se ele conheceu a antiga sentença que figura nas páginas iniciais da antologia talmúdica de Rafael Cansinos-Asséns: "Não era senão a primeira noite, mas uma série de séculos a precedera".

Duas virtudes quero reivindicar para a esquecida tese de Gosse. A primeira: sua elegância um pouco monstruosa. A segunda: sua involuntária redução ao absurdo de uma *creatio ex nihilo*, sua demonstração indireta de que o universo é eterno, como pensaram o Vedanta e Heráclito, Espinosa e os atomistas... Bertrand Russell atualizou-a. No capítulo IX do livro *The Analysis of Mind* (Londres, 1921), supõe que o planeta foi criado há poucos minutos, provido de uma humanidade que "recorda" um passado ilusório.

Buenos Aires, 1941

2 Cf. Spencer, *Facts and Comments*, pp. 148-51, 1902.

Post-Scriptum 1956. Em 1802, Chateaubriand (*Génie du christianisme*, I, 4, 5) formulou, partindo de razões estéticas, uma tese idêntica à de Gosse. Denunciou quão insípido e irrisório seria um primeiro dia da Criação povoado de pombinhos, larvas, filhotes e sementes. *"Sans une vieillesse originaire, la nature dans son innocence eût été moins belle qu'elle ne l'est aujourd'hui dans sa corruption"*, escreveu ele.

o alarmismo
do dr. américo castro[1]

A palavra "problema" pode ser uma insidiosa petição de princípio. Falar do "problema judeu" é postular que os judeus são um problema; é vaticinar (e recomendar) as perseguições, a espoliação, os tiros, a degola, o estupro e a leitura da prosa do dr. Rosenberg. Outro demérito dos falsos problemas é promover soluções que também são falsas. Para Plínio (*História natural*, livro VIII), não é suficiente observar que os dragões atacam os elefantes no verão: ele aventa a hipótese de que o fazem para beber todo o sangue deles, o qual, como ninguém ignora, é muito frio. Para o dr. Castro (*A peculiaridade linguística* etc.), não é suficiente observar uma "desordem linguística em Buenos Aires": ele aventa a hipótese do "lunfardismo" e da "mística gauchofilia".

Para demonstrar a primeira tese — a corrupção do idioma espanhol no Prata —, o doutor apela para um procedimento que devemos qualificar como sofístico, para não pôr em dúvida sua inteligência; de cândido, para não duvidar de sua probidade. Acumula fragmentos de

[1] *La peculiaridad lingüística rioplatense y su sentido histórico* (Losada, Buenos Aires, 1941).

Pacheco, Vacarezza, Lima, *Last Reason*, Contursi, Enrique González Tuñón, Palermo, Llanderas e Malfatti, e os copia com gravidade infantil, para exibi-los em seguida, *urbi et orbi*, como exemplos de nossa linguagem degenerada. Não se dá conta de que tais exercícios (*"Con un feca con chele/ y una ensaimada/ vos te venís pal Centro/ de gran bacán"**) são caricaturais; considera-os "sintomas de uma alteração grave" cuja causa remota seriam "as conhecidas circunstâncias que fizeram dos países do Prata zonas aonde a pulsação do império hispânico chegava já sem brio". Com a mesma eficácia caberia argumentar que em Madri já não restam vestígios do espanhol, como demonstram as coplas que Rafael Salillas transcreve (*El delincuente español: su lenguaje*, 1896):

> *El minche de esa rumi*
> *dicen no tenela bales;*
> *los he dicaito yo,*
> *los tenela muy juncales...*

> *El chibel barba del breje*
> *menjindé a los burós:*
> *apincharé ararajay*
> *y menda la pirabó.***

---

* "Com um feca com telei/ e um croissant/ cê vem pro centro/ bancando o bacana." No primeiro verso, a inversão silábica já denota a intenção jocosa do conjunto.

** Literalmente: "O sexo dessa mulher/ dizem que não tem pelos/ eu os vi com meus próprios olhos/ ela os tem muito viçosos...// No melhor dia do ano/ peguei o touro à unha:/ conheci uma freira/ e com ela me deitei".

Diante dessa poderosa treva é quase límpida esta pobre estrofe lunfarda:

El bacán le acanaló
el escracho a la minushia;
después espirajushió
por temor a la canushia.[2]*

Na página 139, o dr. Castro anuncia outro livro sobre o problema da língua em Buenos Aires; na p. 87, jacta-se de ter decifrado um diálogo camponês de Lynch, "no qual os personagens usam os meios mais bárbaros de expressão, que só os familiarizados com as gírias rio-platenses, como nós, podem compreender inteiramente". As gírias: *ce pluriel est bien singulier.* Salvo o lunfardo (expressão rudimentar e modesta das prisões que ninguém sonha comparar com o exuberante caló dos espanhóis), não há gírias neste país. Não padecemos de dialetos, embora, sim, de institutos de dialetologia. Essas corporações vivem de reprovar as sucessivas geringonças que inventam. Improvisaram o *gauchesco*, com base em Hernández; o *cocoliche*, com base num palhaço que trabalhou com os Podestá; o *vesre*, com base nos alunos da escola primária. Nesses detritos é que se apoiam; a eles devemos e deveremos essas riquezas.

---

2 Está registrada no vocabulário de gíria de Luis Villamayor: *El lenguaje del bajo fondo* (Buenos Aires, 1915). Castro ignora esse léxico, talvez porque Arturo Costa Álvarez o assinale num livro essencial: *El castellano en la Argentina* (La Plata, 1928). Inútil observar que ninguém pronuncia *minushia, canushia, espirajushiar.*
* Tradução literal dos versos: "O bacana retalhou/ o rosto da mulher/ depois deu no pé/ com medo da polícia".

Não menos falsos são "os graves problemas que a fala apresenta em Buenos Aires". Viajei pela Catalunha, por Alicante, por Andaluzia, por Castela; morei um par de anos em Valldemosa e um em Madri; tenho gratíssimas lembranças desses lugares; jamais notei que os espanhóis falassem melhor que nós. (Falam em voz alta, isso sim, com o aprumo de quem ignora a dúvida.) O dr. Castro nos acusa de arcaísmo. Seu método é curioso: descobre que as pessoas mais cultas de San Mamed de Puga, em Orense, esqueceram tal ou qual acepção de tal ou qual palavra; imediatamente resolve que os argentinos também devem esquecê-la... O fato é que o idioma espanhol padece de várias imperfeições (monótono predomínio das vogais, excessivo relevo das palavras, incapacidade para formar palavras compostas), mas não da imperfeição que seus ineptos vindicadores lhe impingem: a dificuldade. O espanhol é facílimo. Só os espanhóis julgam-no árduo: talvez porque fiquem perturbados com as atrações do catalão, do bable, do maiorquino, do galego, do basco e do valenciano; talvez por um erro da vaidade; talvez por certa rudeza verbal (confundem acusativo e dativo, dizem *le mató* por *lo mató*, costumam ser incapazes de pronunciar *Atlántico* ou *Madrid*; pensam que um livro pode suportar este título cacofônico: *La peculiaridad lingüística rioplatense y su sentido histórico*).

Em cada uma das páginas desse livro do dr. Castro, grassam as superstições convencionais. Ele desdenha López e venera Ricardo Rojas; renega os tangos e faz respeitosa alusão às xácaras; pensa que Rosas foi um caudilho de *montoneras*,*

---

* *Montoneras* eram as milícias formadas por gaúchos e índios nas lutas internas que se seguiram à independência da Argentina, dividida pelos interesses políticos conflitantes de federalistas e unitários, ao longo do século XIX.

um homem à maneira de Ramírez ou Artigas, e chama-o, ridiculamente, de "centauro máximo". (Em melhor estilo e com juízo mais lúcido, Groussac preferiu a definição "miliciano de retaguarda".) Proscreve — creio que com toda a razão — a palavra *cachada*, mas se resigna a *tomadura de pelo*,* que não é visivelmente mais lógica nem mais encantadora. Ataca os idiotismos americanos, porque gosta mais dos idiotismos espanhóis. Não quer que digamos *de arriba*; quer que digamos *de gorra*...** Esse examinador "do fato linguístico bonaerense" anota seriamente que os portenhos chamam a lagosta de *acridio*; esse leitor inexplicável de Carlos de la Púa e de *Yacaré* revela-nos que *taita*, no falar suburbano, significa pai.

Nesse livro, a forma não está em desacordo com o fundo. Às vezes, o estilo é comercial: "As bibliotecas do México possuíam livros de alta qualidade" (p. 49); "A alfândega seca... impunha preços fabulosos" (p.52). Outras vezes, a trivialidade contínua do pensamento não exclui o pitoresco disparate: "Surge então a única coisa possível, o tirano, condensação da energia sem rumo da massa, que ele não canaliza porque não é guia, e sim peso esmagador, ingente aparelho ortopédico que mecanicamente, bestialmente, conduz ao redil o rebanho que se disperse" (pp. 71, 72). Em outros momentos, o pesquisador de Vacarezza busca o *mot juste*: "Pelos mesmos motivos pelos quais se torpedeia a maravilhosa gramática de A. Alonso e P. Henríquez Ureña" (p. 31).

---

* *Cachada* significa, no castelhano da Argentina, zombaria, brincadeira, gozação; *tomadura de pelo* é o termo equivalente em espanhol.
** *De arriba*, literalmente de cima, do alto, significa, na Argentina, de graça, gratuitamente; *de gorra* (literalmente "de gorro ou boné") é a expressão equivalente na Espanha.

Os *compadritos* de *Last Reason* emitem metáforas hípicas; o dr. Castro, mais versátil no erro, conjuga a radiotelefonia e o futebol: "O pensamento e a arte rio-platense são antenas valiosas para tudo aquilo que no mundo significa valor e esforço, atitude intensamente receptiva que não haverá de tardar a se converter em força criadora, se o destino não torcer o rumo dos sinais propícios. A poesia, o romance e o ensaio conseguiram ali mais de um gol perfeito. A ciência e o pensamento filosófico têm entre seus cultivadores nomes de suma distinção" (p. 9).

À errônea e mínima erudição, o dr. Castro acrescenta o incansável exercício da adulação, da prosa rimada e do terrorismo.

P. S. — Leio na página 136: "Lançar-se a escrever a sério, sem ironia, como Ascasubi, Del Campo ou Hernández, é assunto que dá o que pensar". Transcrevo as últimas estrofes do *Martín Fierro*:

Cruz y Fierro de una estancia
Una tropilla se arriaron,
Por delante se la echaron
Como criollos entendidos
Y pronto, sin ser sentidos,
Por la frontera cruzaron.

Y cuando la habían pasao
Una madrugada clara,
Le dijo Cruz que mirara
Las últimas poblaciones;
Y a Fierro dos lagrimones
Le rodaron por la cara.

Y siguiendo el fiel del rumbo,
Se entraron en el desierto,
No sé si los habrán muerto
En alguna correría
Pero espero que algún día
Sabré de ellos algo cierto.

Y ya con estas noticias
Mi relación acabé,
Por sér ciertas las conté,
Todas las desgracias dichas:
Es un telar de desdichas
Cada gaucho que usté ve.

Pero ponga su esperanza
En el Dios que lo formó,
Y aquí me despido yo
Que he relatao a mi modo,
Males que conocen todos
*Pero que naides contó.**

---

* Cruz e Fierro de uma estância/ Uma tropilha levaram/ Avante o tropel tocaram/ Feito crioulos sabidos/ E logo, sem nenhum ruído,/ A fronteira atravessaram.// Depois de tê-la passado/ Numa madrugada clara/ Cruz para o outro falara/ Que olhasse pras povoações/ E Fierro dois lagrimões/ Sentiu rolar pela cara.// E seguindo o fiel do rumo,/ Entraram pelo deserto/ Não sei se nesses abertos/ Tombaram em correrias/ Porém espero algum dia/ Saber deles algo certo.// E já com essas notícias/ Meu relato terminei,/ Por verdadeiras contei/ Todas as desgraças ditas:/ Em seu tear de desditas/ Todo gaúcho é rei.// Mas ponha sua esperança/ No Deus que tudo assinou/ Aqui me despeço, já vou,/ Pois que contei a meu modo/ Males que conhecem todos/ E ninguém inda contou.

"A sério, sem ironia", pergunto: Quem é mais dialetal, o cantor das límpidas estrofes que acabo de repetir ou o incoerente redator dos aparelhos ortopédicos que conduzem rebanhos ao redil, dos gêneros literários que jogam futebol e das gramáticas torpedeadas?

Na página 122, o dr. Castro enumerou alguns escritores cujo estilo é correto; apesar da inclusão de meu nome nesse catálogo, não me julgo completamente incapaz para falar de estilística.

o nosso pobre individualismo

As ilusões do patriotismo não têm limite. No século primeiro de nossa era, Plutarco zombou daqueles que afirmavam que a lua de Atenas seria melhor do que a lua de Corinto; Milton, no século XVII, notou que Deus tinha o costume de se revelar primeiro para os Seus ingleses; Fichte, no início do XIX, declarou que ter caráter e ser alemão é, evidentemente, a mesma coisa. Aqui, os nacionalistas pululam; são levados, segundo dizem, pelo propósito plausível ou inocente de fomentar os melhores traços argentinos. Ignoram, contudo, os argentinos; na polêmica, preferem defini-los em função de algum fato externo; dos conquistadores espanhóis (digamos) ou de uma imaginária tradição católica, ou ainda do "imperialismo saxão".

Os argentinos, diferentemente dos americanos do Norte e de quase todos os europeus, não se identificam com o Estado. Pode-se atribuir isso à circunstância de que, neste país, os governos costumam ser péssimos, ou ao fato geral de que o Estado é uma inconcebível abstração;[1] a verdade é que o argen-

---

1 O Estado é impessoal; o argentino só concebe uma relação pessoal. Por isso, para ele, roubar dinheiro público não é crime. Constato um fato; não o estou justificando nem desculpando.

tino é um indivíduo, não um cidadão. Aforismos como o de Hegel, "O Estado é a realidade da ideia moral", lhe parecem piadas sinistras. Os filmes feitos em Hollywood propõem repetidamente à nossa admiração o caso de um homem (em geral, um jornalista) que busca a amizade de um criminoso para, em seguida, entregá-lo à polícia; o argentino, para quem a amizade é uma paixão e a polícia uma máfia, sente que esse "herói" é um incompreensível canalha. Sente, como Dom Quixote, que "cada um deve se ocupar de seu pecado" e que "não fica bem que homens honrados sejam algozes de outros homens em coisas que não lhes digam respeito" (*Quixote*, I, XXII). Mais de uma vez, diante das vãs simetrias do estilo espanhol, tenho pensado que diferimos irremediavelmente da Espanha; essas duas linhas do *Quixote* foram suficientes para me convencer do erro; são como que o símbolo tranquilo e secreto de nossa afinidade. A confirmação profunda disso é uma noite da literatura argentina: aquela desesperada noite em que um sargento da polícia rural gritou que não ia consentir que se praticasse o crime de matar um valente e começou a lutar contra seus próprios soldados, ao lado do desertor Martín Fierro.

O mundo, para o europeu, é um cosmos, em que cada um corresponde, no íntimo, à função que exerce; para o argentino, é um caos. O europeu e o norte-americano julgam que deve ser bom um livro que tenha merecido um prêmio qualquer; o argentino admite a possibilidade de que não seja ruim, apesar do prêmio. Em geral, o argentino duvida das circunstâncias. Pode ignorar a fábula de que a humanidade sempre inclui 36 homens justos — os *Lamed Wufniks* — que não se conhecem entre si, mas que sustentam secretamente o universo; se chegar a ouvi-la, não lhe parecerá estranho que esses beneméritos sejam obscuros e anônimos... Seu herói popular é o herói solitário que luta contra a patrulha, seja em ato (Fierro, Moreira, Hormiga Negra), seja em potência ou no passado (Dom Segundo Sombra). Outras literaturas não registram fatos análogos. Consideremos, por exemplo, dois grandes escritores europeus: Kipling e Franz Kafka. À primeira vista, não há nada de comum entre eles, mas o tema do primeiro é a justificação da ordem, de uma ordem (a estrada em *Kim*, a ponte em *The Bridge-Builders*, a muralha romana em *Puck of Pook's Hill*); o do outro, a insuportável e trágica solidão de quem carece de um lugar, ainda que humílimo, na ordem do universo.

Talvez digam que os traços que assinalei são meramente negativos ou anárquicos; talvez acrescentem que não comportam explicação política. Atrevo-me a sugerir o contrário. O problema mais urgente de nossa época (já denunciado com profética lucidez pelo quase esquecido Spencer) é a gradual intromissão do Estado nos atos do indivíduo; na luta contra esse mal, cujos nomes são comunismo e nazismo, o individualismo argentino, talvez inútil ou prejudicial até agora, encontrará justificativa e deveres.

Sem esperança e com nostalgia, penso na abstrata possibilidade de um partido que tivesse alguma afinidade com os argentinos; um partido que nos prometesse (digamos) um mínimo rigoroso de governo.

O nacionalismo pretende nos encantar com a visão de um Estado infinitamente modesto; essa utopia, uma vez alcançada na Terra, teria a virtude providencial de fazer com que todos almejassem, e afinal construíssem, sua antítese.

Buenos Aires, 1946

quevedo

Assim como a outra, a história da literatura é pródiga em enigmas. Nenhum deles me inquietou e me inquieta tanto quanto a estranha glória parcial que a sorte reservou para Quevedo. Nas listas de nomes universais, não figura o seu. Procurei indagar as razões dessa extravagante omissão; certa vez, numa conferência esquecida, pensei tê-las encontrado no fato de que suas duras páginas não favorecem, nem sequer toleram, o menor desabafo sentimental. ("Ser sentimentalista é ter êxito", observou George Moore.) Para a glória, dizia eu, não é indispensável que um escritor se mostre sentimental, mas é indispensável que sua obra, ou alguma circunstância biográfica, estimule o patético. Nem a vida nem a arte de Quevedo, refleti, se prestam a essas ternas hipérboles cuja repetição é a glória...

Ignoro se essa explicação é correta: eu, agora, a complementaria com esta: virtualmente, Quevedo não é inferior a ninguém, mas não encontrou um símbolo que se apoderasse da imaginação das pessoas. Homero tem Príamo, que beija as mãos homicidas de Aquiles; Sófocles tem um rei que decifra enigmas, a quem o fado obrigará a decifrar o horror de seu próprio destino; Lucrécio tem o infinito abismo estelar e a discórdia dos átomos; Dante, os nove círculos infernais e a Rosa paradisíaca; Shakespeare, seus mundos de violência e música; Cervantes, o feliz vaivém de Sancho e Quixote; Swift, sua república de cavalos virtuosos e de *yahoos* bestiais; Melville, a abominação e o amor da Baleia Branca; Franz Kafka, seus crescentes e sórdidos labirintos. Não há escritor de fama universal que não tenha cunhado um símbolo; este, convém lembrar, nem sempre é objetivo e externo. Góngora ou Mallarmé, *verbi gratia*, perduram como modelos do escritor que elabora penosamente uma obra secreta; Whitman, como protagonista semidivino de *Leaves of Grass*. De Quevedo, porém, só permanece uma imagem caricatural. "O mais nobre estilista espanhol transformou-se num protótipo de chacoteiro", observa Leopoldo Lugones (*El imperio jesuítico*, 1904, p. 59).

Lamb disse que Edmund Spencer era *the poets' poet*, o poeta dos poetas. De Quevedo teríamos de nos resignar em dizer que é o literato dos literatos. Para gostar de Quevedo é preciso ser (em ato ou em potência) um homem de letras; inversamente, ninguém que tenha vocação literária pode deixar de gostar de Quevedo.

A grandeza de Quevedo é verbal. Considerá-lo filósofo, teólogo ou (como quer Aureliano Fernández Guerra) homem de Estado é um erro que os títulos de suas obras podem permitir, mas não o conteúdo delas. Seu tratado *Providencia de Dios, padecida de los que la niegan y gozada de los que la confiesan: doctrina estudiada en los gusanos y persecuciones de Job** prefere a intimidação ao raciocínio. Como Cícero

---

* Providência de Deus, padecida pelos que a negam e fruída pelos que a confessam: doutrina estudada nos vermes e perseguições de Jó.

(*De natura deorum*, II, 40-4), prova uma ordem divina mediante a ordem que se observa nos astros, "vasta república de luzes", e, descartada essa variante estelar do argumento cosmológico, acrescenta: "Poucos foram os que negaram absolutamente a existência de Deus; vou expor à vergonha os que pouca tiveram, e que são: Diágoras de Mileto, Protágoras de Abdera, discípulos de Demócrito e Theodoro (vulgarmente chamado de Atheu), e Bíon de Boristene, discípulo do imundo e desatinado Theodoro", o que não passa de terrorismo. Há, na história da filosofia, doutrinas, provavelmente falsas, que exercem um obscuro encanto sobre a imaginação dos homens: a doutrina platônica e pitagórica do trânsito da alma por muitos corpos; a doutrina gnóstica de que o mundo é obra de um deus hostil ou rudimentar. Quevedo, que estuda só a verdade, é invulnerável a esse encanto. Escreve que a transmigração das almas é "bobagem bestial" e "loucura bruta". Empédocles de Agrigento afirmou: "Fui um menino, uma moça, uma moita, um pássaro, um peixe mudo surgido do mar"; Quevedo anota (*Providencia de Dios*): "Mostrou-se juiz e legislador dessa estrepolia de Empédocles, homem tão desvairado que, após afirmar ter sido peixe, se metamorfoseou em tão contrária e oposta natureza, que morreu feito borboleta do Etna; e à vista do mar, de que fora habitante, precipitou-se no fogo". Aos gnósticos, Quevedo atribui a pecha de infames, malditos, loucos ou inventores de disparates (*Zahurdas de Plutón*, *in fine*).

Sua *Política de Dios y gobierno de Cristo nuestro Señor* deve ser considerada, segundo Aureliano Fernández Guerra, "como um sistema completo de governo, o mais acertado, nobre e conveniente". Para avaliar esse juízo, basta lembrar que os 47 capítulos desse livro ignoram qualquer fundamento que não seja a curiosa hipótese de que os atos e palavras de Cristo (que foi, como se diz, *Rex Judaeorum*) são símbolos secretos, à cuja luz o político tem que resolver seu problema. Fiel a essa cabala, Quevedo deduz do episódio da samaritana que os tributos exigidos pelos reis devem ser leves; do episódio dos pães e dos peixes, que os reis devem remediar as necessidades; da repetição da fórmula *sequebantur*, que "o rei deverá conduzir seus ministros, e não os ministros o rei"... O espanto oscila entre a arbitrariedade do método e a banalidade das conclusões. Quevedo, no entanto, salva tudo, ou quase tudo, pela dignidade da linguagem.[1] O leitor distraído pode se julgar edificado por essa obra. Discórdia análoga se percebe no *Marco Bruto*, no qual o pensamento não é memorável, embora as cláusulas o sejam. Atinge a perfeição nesse tratado o mais imponente dos estilos que Quevedo praticou. O espanhol, em suas páginas lapidares, parece voltar ao árduo latim de Sêneca, Tácito e Lucano, o atormentado e duro latim da idade de prata. O laconismo ostensivo, o hipérbato, o rigor quase algébrico, a oposição de termos, a aridez, a repetição de palavras dão a esse texto uma precisão ilusória. Muitos períodos merecem, ou exigem, o juízo de perfeitos. Como este, *verbi gratia*, que transcrevo: "Honraram com algumas folhas de louro uma linhagem; paga-

---

1 Reyes observa, certeiramente (*Capítulos de literatura española*, 1939, p. 133): "As obras políticas de Quevedo não propõem uma nova interpretação dos valores políticos, e já não têm senão um valor retórico... Ou são panfletos circunstanciais, ou são obras de declamação acadêmica. A *Política de Dios*, apesar de sua ambiciosa aparência, não passa de um arrazoado contra os maus ministros. Mas em meio a essas páginas podem ser encontrados alguns dos traços mais característicos de Quevedo".

ram grandes e soberanas vitórias com as aclamações de um triunfo; recompensaram vidas quase divinas com algumas estátuas; e para que não perdessem as prerrogativas de tesouro os ramos, as ervas, o mármore e as vozes, não as concederam à pretensão, mas tão só ao mérito". Quevedo frequentou com a mesma felicidade outros estilos: o estilo aparentemente oral do *Buscón*, o estilo desmedido e orgiástico (mas não ilógico) de *La hora de todos*.

"A linguagem", observou Chesterton (*G. F. Watts*, 1904, p. 91), "não é um fato científico, mas artístico; foi inventada por guerreiros e caçadores e é muito anterior à ciência." Quevedo nunca a entendeu assim; para ele, a linguagem foi, essencialmente, um instrumento lógico. As eternas banalidades da poesia — águas equiparadas a cristais, mãos equiparadas a neve, olhos que brilham como estrelas e estrelas que piscam como olhos — incomodavam-no por serem fáceis, mas muito mais por serem falsas. Esqueceu, ao censurá-las, que a metáfora é o contato momentâneo de duas imagens, não a metódica assimilação de duas coisas... Também abominou os idiotismos. Com o propósito de "expô-los à vergonha", urdiu com eles a rapsódia que se intitula *Cuento de cuentos*; muitas gerações, encantadas, preferiram ver nessa redução ao absurdo um museu de primores, divinamente destinado a salvar do esquecimento as locuções *zurriburi*, *abarrisco*, *cochite hervite*, *quítame allá esas pajas* e *a trochi-moche*.*

Quevedo tem sido equiparado, mais de uma vez, a Lu-

---

* *Zurriburi*, sujeito à toa; *abarrisco*, de cambulhada; *cochite hervite*, às pressas; *quítame allá esas pajas*, num piscar de olhos; *a trochi-moche*, a torto e a direito.

ciano de Samósata. Há uma diferença fundamental: Luciano, ao combater no século II as divindades olímpicas, faz obra de polêmica religiosa; Quevedo, ao repetir esse ataque no século XVII de nossa era, limita-se a observar uma tradição literária.

Examinada sua prosa, ainda que brevemente, passo a discutir sua poesia não menos variada.

Vistos como documentos de uma paixão, os poemas eróticos de Quevedo são insatisfatórios; vistos como jogos de hipérboles, como deliberados exercícios de petrarquismo, costumam ser admiráveis. Quevedo, homem de apetites veementes, nunca deixou de aspirar ao ascetismo estoico; também deve ter-lhe parecido insensato depender de mulheres ("Bem-avisado aquele que usa de suas carícias e nelas não se fia"); bastam esses motivos para explicar a artificialidade voluntária daquela Musa IV de seu *Parnaso*, que "canta façanhas de amor e formosura". O acento pessoal de Quevedo está em outros poemas: naqueles que lhe permitem manifestar melancolia, coragem ou desengano. Por exemplo, no soneto que enviou, da torre de Juan Abad, a dom José de Salas (Musa, II, 109):

Retirado en la paz de estos desiertos,
Con pocos, pero doctos libros juntos,
Vivo en conversación con los difuntos
Y escucho con mis ojos a los muertos.

Si no siempre entendidos, siempre abiertos,
O enmiendan o secundan mis asuntos,
Y en músicos callados contrapuntos
Al sueño de la vida hablan despiertos.

Las grandes almas que la muerte ausenta,
De injurias de los años vengadora,
Libra, oh gran don Joseph, docta la Imprenta.

En fuga irrevocable huye la hora;
Pero aquélla el mejor cálculo cuenta,
Que en la lección y estudio nos mejora.*

Não faltam traços conceptistas na peça anterior (escutar com os olhos, falar despertos ao sonho da vida), mas o soneto é eficaz a despeito deles, não por causa deles. Não direi que se trata de uma transcrição da realidade, porque a realidade não é verbal, mas, sim, que suas palavras importam menos que a cena que evocam ou o acento viril que parece animá-las. Nem sempre acontece assim; no mais ilustre soneto desse volume — "Memoria inmortal de don Pedro Girón, duque de Osuna, muerto en la prisión" —, a esplêndida eficácia do dístico

Su tumba son de Flandes las campañas
Y su epitafio la sangrienta Luna**

é anterior a toda interpretação e não depende dela. Digo o mesmo da expressão subsequente: *o pranto militar*, cujo

---

* Retirado na paz destes desertos,/ com poucos, porém doutos livros juntos,/ eu vivo dialogando co'os defuntos/ e os mortos com olhos escuto// Se nem sempre entendidos, sempre abertos,/ emendam e secundam meus assuntos,/ em músicos, calados contrapontos/ ao sonho da vida falam despertos.// As grandes almas que a morte ausenta,/ das injúrias dos anos, vingadora,/ liberta, bom Joseph, a douta Imprensa.// Em fuga irrevogável foge a hora;/ mas aquela o melhor cálculo orienta/ que na lição e estudo nos melhora.
** Sua tumba são de Flandres as campanhas/ e seu Epitáfio a sangrenta Lua.

sentido não é enigmático, e sim banal: *o pranto dos militares*. Quanto à *sangrenta Lua*, é melhor ignorar que se trata do símbolo dos turcos, eclipsado por não sei que piratarias de dom Pedro Téllez Girón.

Não poucas vezes, o ponto de partida de Quevedo é um texto clássico. Assim, a linha memorável (Musa, IV, 31)

*Polvo serán, mas polvo enamorado**

é uma recriação, ou exaltação, de uma de Propércio (*Elegias*, I, 19):

*Ut meas oblito pulvis amore vacet.***

É grande o âmbito da obra poética de Quevedo. Compreende sonetos meditativos, que de algum modo prefiguram Wordsworth; severidades opacas e rascantes,[2]

---

* E pó serão, porém pó apaixonado.
** Que minhas cinzas se libertem de um amor esquecido.
2 *Temblaron los umbrales y las puertas,*
  Donde la majestad negra y oscura
  Las frías desangradas sombras muertas
  Oprime en ley desesperada y dura;
  Las tres gargantas al ladrido abiertas,
  Viendo la nueva luz divina y pura,
  Enmudeció Cerbero, y de repente
  Hondos suspiros dio la negra gente.

  Gimió debajo de los pies el suelo,
  Desiertos montes de ceniza canos,
  Que no merecen ver ojos del cielo,
  Y en nuestra amarillez ciegan los llanos.
  Acrecentaban miedo y desconsuelo

bruscas magias de teólogos (*"Con los doce cené: yo fui la cena"*);* gongorismos intercalados para provar que também ele era capaz de jogar aquele jogo;[3] urbanidades e doçuras da Itália (*"humilde soledad verde y sonora"*),** variações de Pérsio, Sêneca, Juvenal, das Escrituras, de Joachim de Bellay; brevidades latinas; chocarrices;[4]

> *Los roncos perros, que en los reinos vanos*
> *Molestan el silencio y los oídos,*
> *Confundiendo lamentos y ladridos.*
>
> (Musa, IX)

Tremeram os umbrais e as portas,/ Ali onde a majestade tenebrosa/ As frias e exangues sombras mortas/ Oprime em lei desesperada e dura;/ As três gargantas ao latido abertas,/ Vendo a nova luz divina e pura,/ Cérbero emudeceu, e de repente/ Fundos suspiros deu a negra gente.// O solo sob os pés gemeu ao léu,/ Desertos montes de cinza nevados/ Que não merecem ver olhos do céu/ E em nossa palidez cegam os prados./ Acrescentavam medo e aflição/ Os roucos cães, que em todo reino vão/ Perturbam o silêncio e os ouvidos,/ Confundindo lamentos e latidos.

* Com os doze ceei; eu fui a ceia.

3 *Un animal a la labor nacido*
> *Y símbolo celoso a los mortales,*
> *Que a Jove fue disfraz, y fue vestido;*
> *Que un tiempo endureció manos reales,*
> *Y detrás de él los cónsules gimieron,*
> *Y rumía luz en campos celestiales.*
>
> (Musa, II)

Um animal para a lide nascido/ E símbolo zeloso dos mortais,/ De Jove foi disfarce e foi vestido;/ Que um tempo endureceu mãos reais,/ E detrás dele os cônsules gemeram,/ E luz rumina em campos celestiais.

** Humilde solidão verde e sonora.

4 *La Méndez llegó chillando*
> *Con trasudores de aceite,*
> *Derramando por los hombros*
> *El columpio de las liendres.*
>
> (Musa, V)

A Méndez chegou bufando/ Com suores de muitos óleos,/ pelos ombros derramando/ o balanço dos piolhos.

burlas de curioso artifício;[5] lúgubres pompas da aniquilação e do caos.

Os melhores poemas de Quevedo existem para além do impulso que os gerou e das ideias comuns que contêm. Não são obscuros; evitam o erro de perturbar ou distrair com enigmas, ao contrário de outros de Mallarmé, Yeats e George. São (para dizê-lo de alguma forma) objetos verbais puros e independentes, como uma espada ou um anel de prata. Este, por exemplo:

Harta la Toga del veneno tirio,
O ya en el oro pálida y regente
Cubre con los tesoros del Oriente,
Mas no descansa, ¡oh Licas!, tu martirio.

Padeces un magnífico delirio,
Cuando felicidad tan delincuente
Tu horror oscuro en esplendor te miente,
Víbora en rosicler, áspid en lirio.

Competir su Palacio a Jove quieres,
Pues miente el oro Estrellas a su modo,
En el que vives, sin saber que mueres.

---

5 *Aquesto Fabio cantaba*
A los balcones y rejas
De Aminta, que aun de olvidarlo,
Le han dicho que no se acuerda.
(Musa, VI)
Assim Fábio cantava/ Sob as grades e sacadas/ Da Bela, que até de esquecê-lo,/ Dizem que não se recorda.

Y en tantas glorias tú, señor de todo,
Para quien sabe examinarse, eres
Lo solamente vil, el asco, el lodo.*

Trezentos anos completou a morte física de Quevedo, mas ele continua sendo o primeiro artífice das letras hispânicas. Como Joyce, como Goethe, como Shakespeare, como Dante, como nenhum outro escritor, Francisco de Quevedo é menos um homem que uma vasta e complexa literatura.

---

* Farta já a toga do veneno tírio,/ ou já em ouro pálida e rangente/ cobre com os tesouros do Oriente,/ mas não descansa, oh Licas!, teu martírio.// Padeces um magnífico delírio,/ quando uma ventura tão delinquente/ Teu horror obscuro em esplendor te mente,/ víbora em rosicler, áspide em lírio.// Crês que em Palácio a Jove vencer podes/ Pois a seu modo finge Estrelas o ouro/ Ali onde vives sem saber que morres.// Com tantas glórias, tu, senhor dos louros,/ Para quem te souber examinar, és/ tão somente o mais vil, o asco, o lodo.

magias parciais
do *quixote*

É verossímil que estas observações já tenham sido feitas alguma vez, e talvez até muitas vezes; a discussão de sua novidade me interessa menos do que a de sua possível verdade. Cotejado com outros livros clássicos (a *Ilíada*, a *Eneida*, a *Farsália*, a *Comédia* dantesca, as tragédias e comédias de Shakespeare), o *Quixote* é realista; esse realismo, no entanto, difere essencialmente daquele praticado no século XIX. Joseph Conrad só escreveu que excluía de sua obra o sobrenatural porque admiti-lo seria como negar que o cotidiano fosse maravilhoso: ignoro se Miguel de Cervantes compartilhou essa intuição, mas sei que a forma do *Quixote* levou-o a contrapor a um mundo imaginário e poético o mundo real e prosaico. Conrad e Henry James romancearam a realidade porque a julgavam poética; para Cervantes, o real e o poético são antinomias. Às vastas e vagas geografias do Amadis ele opõe os caminhos poeirentos e as sórdidas estalagens de Castela; imaginemos um romancista de nosso tempo que destacasse com sentido paródico os postos de gasolina. Cervantes criou para nós a poesia da Espanha do século XVII, mas nem aquele século nem aquela Espanha eram poéticos aos olhos dele; homens como Unamuno, Azorín ou Antonio Machado, comovidos diante da evocação da Mancha, teriam sido incompreensíveis para ele. O plano de sua obra vetava o maravilhoso; este tinha de figurar, porém, ainda que indiretamente, como os crimes e o mistério numa paródia do romance policial. Cervantes não podia recorrer a talismãs ou sortilégios, mas insinuou o sobrenatural de modo sutil e, por isso mesmo, mais eficaz. Lá no fundo, Cervantes amava o sobrenatural. Paul Groussac, em 1924, observou: "Com alguma tintura mal fixada de latim e italiano, a colheita literária de Cervantes provinha sobretudo dos romances pastoris e de cavalaria, fábulas embaladoras do cativeiro". O *Quixote* é menos um antídoto contra essas ficções do que uma secreta despedida nostálgica.

Na realidade, cada romance reside num plano ideal; Cervantes se compraz em confundir o objetivo e o subjetivo, o mundo do leitor e o mundo do livro. Naqueles capítulos que discutem se a bacia do barbeiro é um elmo e a albarda um arnês, o problema é tratado de modo explícito; em outras passagens, como já assinalei, é apenas insinuado. No sexto capítulo da primeira parte, o padre e o barbeiro passam em revista a biblioteca de Dom Quixote; para nosso assombro, um dos livros examinados é a *Galatea* de Cervantes, e acontece que o barbeiro é amigo dele e não o admira muito, e acrescenta que ele é mais versado em desditas do que em versos, e que seu livro, embora tenha alguma coisa de boa invenção, propõe algo e não conclui nada. O barbeiro, sonho de Cervantes ou forma de um sonho de Cervantes, julga Cervantes... Também é surpreendente saber, no início do nono capítulo, que o romance inteiro foi traduzido do árabe e que Cervantes adquiriu o manuscrito no mercado de Toledo e encomendou a tradução a um mourisco, a quem alojou em sua casa por mais de um mês e meio, até que concluísse a tarefa. Pensamos em Carlyle, que inventou que o *Sartor Resartus* era a versão parcial de uma obra publicada na Alemanha pelo dr. Diógenes Teufelsdroeckh; pensamos no rabino castelhano Moisés de León, que compôs o *Zohar* ou *Libro del Esplendor*, divulgando-o como obra de um rabino palestino do século III.

Esse jogo de estranhas ambiguidades culmina na segunda parte: os protagonistas já leram a primeira; os protagonistas do *Quixote* são, também, leitores do *Quixote*. Aqui é inevitável lembrar o caso de Shakespeare, que inclui no palco de *Hamlet* outro palco, onde se representa uma tragédia que é mais ou menos a de *Hamlet*; a correspondência imperfeita entre a obra principal e a secundária diminui a eficácia dessa inclusão. Um artifício análogo ao de Cervantes, e ainda mais assombroso, figura no *Ramáiana*, poema de Valmiki, que narra as proezas de Rama e sua guerra com os demônios. No último livro, os filhos de Rama, que não sabem quem é o pai, buscam refúgio numa floresta, onde um asceta os ensina a ler. Esse mestre é, estranhamente, Valmiki; o livro em que estudam, o *Ramáiana*. Rama ordena um sacrifício de cavalos; nessa festa estão presentes Valmiki e seus alunos: acompanhados de um alaúde, eles cantam o *Ramáiana*. Rama ouve sua própria história, reconhece os filhos e imediatamente recompensa o poeta... Algo parecido o acaso produziu nas *Mil e uma noites*. Essa compilação de histórias fantásticas duplica e reduplica até a vertigem a ramificação de um conto central em contos adventícios, mas não procura graduar suas realidades, e o efeito (que deveria ser profundo) é superficial, como um tapete persa. É conhecida a história liminar da série: o desolado juramento do rei de a cada noite desposar uma virgem que ele mandará decapitar ao alvorecer, e a resolução de Xerazade de distraí-lo com fábulas até que sobre eles tenham se passado 1001 noites e ela lhe mostre o filho. A necessidade de completar 1001 seções obrigou os copistas da obra a todo tipo de interpolações. Nenhuma, porém, tão perturbadora quanto a da noite 602, mágica entre todas. Nessa noite, o rei ouve da boca da rainha a sua própria história. Ouve o começo da história, que abrange todas as demais, e também — de forma monstruosa — a si mesma. Intuirá claramente o leitor a vasta possibilidade dessa interpolação, seu curioso perigo? Se a rainha continuar, o rei ouvirá para sempre a história truncada das *Mil e uma noites*, agora infinita e circular... As invenções da filosofia não são menos fantásticas que as da arte: Josiah Royce, no primeiro volume da obra *The World and the Individual* (1899), formulou a seguinte: "Imaginemos que uma porção do solo da Inglaterra tenha sido perfeitamente nivelada e que nela um cartógrafo trace um mapa da Inglaterra. A obra é perfeita; não há detalhe do solo da Inglaterra, por diminuto que seja, que não esteja registrado no mapa; tudo tem aí sua correspondência. Se assim for, esse mapa deve conter um mapa do mapa, que deve conter um mapa do mapa do mapa, e assim até o infinito".

Por que nos inquieta que o mapa esteja incluído no mapa e as 1001 noites no livro das *Mil e uma noites*? Por que nos inquieta que Dom Quixote seja leitor do *Quixote* e Hamlet espectador de *Hamlet?* Creio ter dado com a causa: tais inversões sugerem que, se os personagens de uma ficção podem ser leitores ou espectadores, nós, seus leitores ou espectadores, podemos ser fictícios. Em 1833, Carlyle observou que a história universal é um infinito livro sagrado que todos os homens escrevem e leem e procuram entender, e no qual também eles são escritos.

nathaniel
hawthorne[1]

Vou começar a história das letras americanas com a história de uma metáfora; ou melhor, com alguns exemplos dessa metáfora. Não sei quem a inventou; talvez seja um erro supor que metáforas possam ser inventadas. As verdadeiras, as que formulam conexões íntimas entre uma imagem e outra, existiram desde sempre; as que ainda podemos inventar são falsas, são as que não vale a pena inventar. Essa a que me refiro é a que compara os sonhos com uma representação teatral. No século XVII, Quevedo formulou-a no início do "Sueño de la muerte"; Luis de Góngora, no soneto "Varia imaginación", em que lemos:

> *El sueño, autor de representaciones,*
> *en su teatro sobre el viento armado,*
> *sombras suele vestir de bulto bello.**

---

1 Texto de uma conferência proferida no Colégio Livre de Estudos Superiores, em março de 1949.

* O sonho, autor de representações,/ em seu teatro sobre o vento armado,/ sombras sói vestir com o vulto belo.

No século XVIII, Addison vai dizê-lo com mais precisão. "A alma, quando sonha", escreve ele, "é teatro, atores e plateia." Muito antes, o persa Omar Khayyam escrevera que a história do mundo é uma representação que Deus, o numeroso Deus dos panteístas, planeja, representa e contempla, para distrair sua eternidade; muito depois, o suíço Jung, em volumes encantadores e, sem dúvida, exatos, equipara as invenções literárias às invenções oníricas, a literatura aos sonhos.

Se a literatura é um sonho, um sonho dirigido e deliberado, mas fundamentalmente um sonho, é bom que os versos de Góngora sirvam de epígrafe para esta história das letras americanas e que a inauguremos com o exame de Hawthorne, o sonhador. Um pouco anteriores no tempo há outros escritores americanos — Fenimore Cooper, uma espécie de Eduardo Gutiérrez infinitamente inferior a Eduardo Gutiérrez; Washington Irving, urdidor de agradáveis espanholadas —, mas podemos esquecê-los sem risco algum.

Hawthorne nasceu em 1804, no porto de Salem. Salem padecia, já então, de dois traços anômalos nos Estados Unidos: era uma cidade, embora pobre, muito velha, e era uma cidade em decadência. Nessa cidade velha e decadente, de honesto nome bíblico, Hawthorne morou até 1836; amou-a com esse triste amor que inspiram as pessoas que não nos amam, os fracassos, as doenças, as manias; essencialmente, não é mentira dizer que nunca se afastou dela. Cinquenta anos depois, em Londres ou em Roma, continuava em sua aldeia puritana de Salem; por exemplo, quando desaprovou que os escultores, em pleno século XIX, lavrassem estátuas nuas...

Seu pai, o capitão Nathaniel Hawthorne, morreu em 1808, nas Índias Orientais, no Suriname, de febre amarela; um de seus antepassados, John Hawthorne, foi juiz nos processos de feitiçaria de 1692, quando dezenove mulheres, entre elas uma escrava, Tituba, foram condenadas à forca. Naqueles curiosos processos (o fanatismo agora tem outras formas), Justice Hawthorne agiu com severidade e, sem dúvida, com sinceridade. "Tão conspícuo ele se tornou", escreveu Nathaniel, o nosso Nathaniel, "no martírio das bruxas, que é lícito pensar que o sangue dessas infelizes tenha deixado nele uma mancha. Mancha tão profunda que deve perdurar em seus velhos ossos, no cemitério de Charter Street, se já não forem pó." Depois desse traço pitoresco, Hawthorne acrescenta: "Não sei se meus antepassados se arrependeram e suplicaram a misericórdia divina; eu, agora, o faço por eles e peço que toda maldição que tenha caído sobre a minha raça nos seja, desde este dia, perdoada". Quando o capitão Hawthorne morreu, a viúva, mãe de Nathaniel, se encerrou em seu quarto, no andar de cima. Nesse andar ficavam os quartos das irmãs, Louisa e Elizabeth; no último, o de Nathaniel. Essas pessoas não comiam juntas e quase não se falavam; a comida era deixada numa bandeja, no corredor. Nathaniel passava os dias escrevendo contos fantásticos; à tarde, na hora do crepúsculo, saía para caminhar. Esse regime de vida furtivo durou doze anos. Em 1837, ele escreveu para Longfellow: "Eu me transformei num recluso; sem a menor intenção de fazê-lo, sem a menor suspeita de que isso fosse me acontecer. Tornei-me um prisioneiro, encerrei-me num calabouço, e já não encontro a chave; mesmo que a porta estivesse aberta, quase teria medo de sair". Hawthorne era alto, bonito, magro, moreno.

Quando andava, tinha o balanço dos homens do mar. Naquele tempo não havia (sem dúvida para felicidade das crianças) literatura infantil; Hawthorne lera aos seis anos o *Pilgrim's Progress*; o primeiro livro que comprou com seu próprio dinheiro foi *The Faerie Queen*; duas alegorias. Também leu, embora seus biógrafos não o digam, a Bíblia; talvez a mesma que o primeiro Hawthorne, William Hawthorne de Wilton, trouxera da Inglaterra junto com uma espada, em 1630. Pronunciei a palavra *alegorias*; essa palavra é importante, quem sabe imprudente ou indiscreta, tratando-se da obra de Hawthorne. É sabido que ele foi acusado por Edgar Allan Poe de alegorizar — para Poe essa atividade e esse gênero eram indefensáveis. Duas tarefas temos pela frente: a primeira, indagar se o gênero alegórico é, de fato, ilícito; a segunda, indagar se Nathaniel Hawthorne incorreu nesse gênero. Que eu saiba, a melhor refutação das alegorias é a de Croce; a maior defesa, a de Chesterton. Croce acusa a alegoria de ser um cansativo pleonasmo, um jogo de vãs repetições que primeiro nos mostra (digamos) Dante guiado por Virgílio e Beatriz e, depois, nos explica ou dá a entender que Dante é a alma, Virgílio a filosofia, ou a razão, ou ainda a luz natural, e Beatriz a teologia ou a graça. Segundo Croce, segundo o argumento de Croce (o exemplo não é dele), Dante primeiro teria pensado: "A razão e a fé operam a salvação das almas" ou "A filosofia e a teologia nos conduzem ao céu" e, em seguida, onde pensou *razão* ou *filosofia* pôs *Virgílio* e onde pensou *teologia* ou *fé* pôs *Beatriz*, o que seria uma espécie de mascarada. A alegoria, conforme essa interpretação desdenhosa, viria a ser uma adivinha, mais extensa, mais lenta e muito mais incômoda que as outras. Seria um gênero bárbaro ou infantil, uma distração da estética. Croce formulou essa refutação em 1907; em 1904, Chesterton já a refutara sem que o outro soubesse. Tão sem comunicação e tão vasta é a literatura! A página correspondente a Chesterton consta de uma monografia sobre o pintor Watts, ilustre na Inglaterra no final do século XIX e acusado, como Hawthorne, de alegorismo. Chesterton admite que Watts tenha produzido alegorias, mas nega que esse gênero seja condenável. Argumenta que a realidade é de uma interminável riqueza e que a linguagem dos homens não esgota esse vertiginoso caudal. Escreve: "O homem sabe que há na alma matizes mais desconcertantes, mais inumeráveis e mais anônimos que as cores de uma floresta outonal. Crê, no entanto, que esses matizes, em todas as suas fusões e conversões, sejam representáveis com precisão por um mecanismo arbitrário de grunhidos e chiados. Crê que de dentro de um corretor da bolsa possam realmente sair ruídos capazes de exprimir todos os mistérios da memória e todas as agonias do desejo...". Daí Chesterton infere, em seguida, que pode haver diversas linguagens que de certo modo correspondam à inapreensível realidade; entre essas muitas linguagens, a das alegorias e fábulas.

Em outras palavras: Beatriz não é um emblema da fé, um trabalhoso e arbitrário sinônimo da palavra *fé*; a verdade é que há alguma coisa no mundo — um sentimento peculiar, um processo íntimo, uma série de estados análogos — que é possível indicar por dois símbolos: um, bastante pobre, o som fé; outro, Beatriz, a gloriosa Beatriz que desceu do céu e deixou suas pegadas no Inferno para salvar Dante. Não sei se é válida a tese de Chesterton; sei que uma alegoria é tanto melhor quanto menos redutível for a um esquema, a um frio jogo de abstrações. Existem escritores que pensam por imagens (Shakespeare, Donne ou Victor Hugo, digamos) e escritores que pensam por abstrações (Benda ou Bertrand Russell); *a priori*, uns valem tanto quanto os outros, mas, quando um abstrato, um raciocinador, quer ser também imaginativo ou passar por tal, ocorre o que Croce denunciou. Notamos que um processo lógico foi enfeitado e disfarçado pelo autor, "para desonra do entendimento do leitor", como disse Wordsworth. É, para citar um exemplo notório desse mal, o caso de José Ortega y Gasset, cujo bom pensamento fica obstruído por metáforas penosas e adventícias; é, muitas vezes, o de Hawthorne. Quanto ao mais, os dois escritores são antagônicos. Ortega consegue raciocinar, bem ou mal, mas não imaginar; Hawthorne era homem de contínua e curiosa imaginação; refratário, porém, por assim dizer, ao pensamento. Não estou dizendo que era estúpido; digo que pensava por imagens, por intuições, como costumam pensar as mulheres, não por um mecanismo dialético. Um erro estético o prejudicou: o desejo puritano de fazer de toda imaginação uma fábula levava-o a agregar-lhes moralidades e, às vezes, a falseá-las e deformá-las. Foram conservados os cadernos de apontamentos em que anotava, brevemente, argumentos; num deles, de 1836, está escrito: "Uma serpente se introduz no estômago de um homem e é por ele alimentada dos quinze aos 35 anos, atormentando-o horrivelmente". Bastava isso, mas Hawthorne se considera obrigado a acrescentar: "Poderia ser um emblema da inveja ou de outra paixão malvada". Outro exemplo, de 1838 desta vez: "Que aconteçam fatos estranhos, misteriosos e atrozes, capazes de destruir a felicidade de uma pessoa. Que essa pessoa os atribua a inimigos secretos e que descubra, por fim, que é a única culpada e a causa de tudo. Moral: a felicidade está em nós mesmos". Outro, do mesmo ano: "Um homem, na vigília, pensa bem de outro e confia nele plenamente, mas é perturbado por sonhos em que esse amigo age como inimigo mortal. Revela-se, afinal, que o caráter sonhado era o verdadeiro. Os sonhos tinham razão. A explicação seria a percepção instintiva da verdade". São melhores as fantasias puras, que não buscam justificativa ou moralidade nem parecem ter outro fundo senão um obscuro terror. Esta, de 1838: "No meio de uma multidão, imaginar um homem cujo destino e cuja vida estão em poder de outro, como se os dois estivessem num deserto". Esta, que é uma variante da anterior e que Hawthorne anotou cinco anos depois: "Um homem de vontade forte manda outro, moralmente subjugado por ele, executar um ato. O que manda morre e o outro, até o fim de seus dias, continua executando aquele ato". (Não sei como Hawthorne teria descoberto esse argumento; não sei se teria sido conveniente que o ato executado fosse trivial ou ligeiramente horrível ou fantástico ou talvez ainda humilhante.) Este, cujo tema é também a escravidão, a sujeição a outro: "Um homem rico deixa, em seu testamento, a casa para um casal pobre. Os herdeiros se mudam para a casa e lá encontram um empregado soturno, que o testamento os proíbe de expulsar. Ele os atormenta; por fim, se descobre que é o homem que lhes legara a casa". Citarei mais dois esboços, bastante curiosos, cujo tema (não ignorado por Pirandello ou por André Gide) é a coincidência ou confusão do plano estético com o plano comum, da realidade com a arte. Eis aqui o primeiro: "Duas pessoas esperam na rua um acontecimento e o aparecimento dos principais atores. O acontecimento já está ocorrendo e elas são os atores". O outro é mais complexo: "Que um homem escreva um conto e constate que ele se desenvolve contra suas intenções; que os personagens não ajam como o autor queria; que aconteçam fatos não previstos e que se aproxime uma catástrofe que ele tente, em vão, evitar. O conto poderia prefigurar seu próprio destino, e um dos personagens é ele". Tais jogos, tais momentâneas confluências do mundo imaginário e do mundo real — do mundo que no curso da leitura simulamos que é real — são, ou nos parecem, modernos. Sua origem, sua antiga origem, se acha talvez naquela passagem da *Ilíada* em que Helena tece um tapete e o que tece são batalhas e desventuras da própria Guerra de Troia. Esse procedimento deve ter impressionado Virgílio, pois na *Eneida* consta que Eneias, guerreiro da Guerra de Troia, chegou ao porto de Cartago e viu esculpidas no mármore de um templo cenas daquela guerra e, em meio a tantas imagens de guerreiros, também sua própria imagem. Hawthorne gostava desses contatos do imaginário com o real; são reflexos e duplicações da arte; também se nota, nos esboços por mim assinalados, que ele tendia para a noção panteísta de que um homem são os outros, de que um homem são todos os homens.

Algo mais grave que as duplicações e o panteísmo se observa nos esboços, algo mais grave para um homem que quer ser romancista, quero dizer. Observa-se que o estímulo de Hawthorne, que o ponto de partida de Hawthorne eram, em geral, situações. Situações, e não personagens.

Hawthorne primeiro imaginava, talvez involuntariamente, uma situação, e depois procurava personagens que a encarnassem. Não sou romancista, mas desconfio que nenhum romancista tenha procedido assim: "Creio que Schomberg é real", escreveu Joseph Conrad a respeito de um dos personagens mais memoráveis de seu romance *Victory*, e isso poderia ser dito por qualquer romancista sobre qualquer personagem. As aventuras do *Quixote* não estão muito bem imaginadas, os diálogos lentos e antitéticos — *razonamientos*,* é assim, creio, que os chama o autor — pecam pela inverossimilhança, mas não cabe dúvida de que Cervantes conhecia bem Dom Quixote e podia acreditar nele. Nossa fé na fé do romancista salva todas as negligências e falhas. Que importam fatos incríveis ou desastrados, se sabemos que foram imaginados pelo autor não para surpreender nossa boa-fé, mas para definir seus personagens? Que importam os escândalos pueris e os confusos crimes da suposta corte da Dinamarca, se acreditamos no príncipe Hamlet? Hawthorne, ao contrário, primeiro concebia uma situação, ou uma série de situações, e depois elaborava os indivíduos que seu plano requeria. Esse método pode produzir, ou permitir, contos admiráveis, porque neles, em virtude de sua brevidade, a trama é mais visível que os atores; mas não romances admiráveis, nos quais a forma geral (se existir) só se torna visível no fim, e um único personagem mal inventado pode contaminar com irrealidade todos aqueles que o acompanham. Das razões acima, poder-se-ia inferir, de antemão, que os contos de Hawthorne valem mais que os romances de Haw-

---

* Literalmente "arrazoados", isto é, argumentações, pensamentos.

thorne. Eu acho que é isso mesmo. Os 24 capítulos que compõem *A letra escarlate* são pródigos em passagens memoráveis, redigidas em prosa boa e sensível, mas nenhum deles me comoveu como a singular história de Wakefield, nos *Twice-Told Tales*. Hawthorne lera num jornal, ou simulou, para fins literários, ter lido num jornal o caso de um senhor inglês que abandonou a mulher sem motivo algum, indo se instalar na vizinhança de sua casa, e lá, sem que ninguém desconfiasse, viveu vinte anos escondido. Durante esse longo período, passou diariamente em frente de sua casa ou a observou da esquina, e muitas vezes divisou sua mulher. Quando já o haviam dado por morto, quando já fazia muito tempo que sua mulher se resignara à viuvez, o homem, certo dia, abriu a porta da casa e entrou. Singelamente, como se tivesse se ausentado por apenas algumas horas. (Foi, até o dia de sua morte, um marido exemplar.) Hawthorne leu com inquietação o curioso caso e procurou entendê-lo, imaginá-lo. Matutou sobre o tema; o conto "Wakefield" é a história conjectural desse desterrado. As interpretações do enigma podem ser infinitas; vejamos a de Hawthorne.

Este imagina Wakefield como um homem sossegado, timidamente vaidoso, egoísta, propenso a mistérios pueris, a guardar segredos insignificantes; um homem tíbio, de grandes proezas imaginativas e mentais, mas capaz de longas e ociosas e inconclusas e vagas meditações; um marido constante, resguardado pela preguiça. Wakefield, no entardecer de um dia de outubro, despede-se da mulher. Diz a ela — não se deve esquecer que estamos em princípios do século XIX — que vai tomar a diligência e que estará de volta, no mais tardar, dentro de uns dias. A mulher, que sabe de sua afeição pelos mistérios inofensivos, não lhe pergunta a razão da viagem. Wakefield está de botas, cartola, sobretudo; leva guarda-chuva e valises. Wakefield — isso me parece admirável — não sabe ainda o que fatalmente ocorrerá. Sai com a resolução mais ou menos firme de inquietar ou assombrar a mulher, ausentando-se uma semana inteira de casa. Sai, fecha a porta da rua, em seguida a entreabre e, por um momento, sorri. Anos depois, a mulher ainda se lembrará daquele último sorriso. Vai imaginá-lo num caixão com o sorriso congelado no rosto, ou no paraíso, na glória, sorrindo com astúcia e serenidade. Todos pensarão que ele morreu e ela recordará aquele sorriso e pensará que talvez não seja viúva. Wakefield, depois de uns tantos rodeios, chega ao alojamento que tinha preparado. Acomoda-se junto da chaminé e sorri; está nos arredores de sua casa e chegou ao termo de sua viagem. Duvida, regozija-se, já lhe parece incrível estar ali, teme que o tenham observado e o denunciem. Quase arrependido, vai se deitar; na vasta cama deserta estende os braços e repete em voz alta: "Não vou dormir sozinho outra noite". No dia seguinte, acorda mais cedo que de costume e se pergunta, perplexo, o que vai fazer. Sabe que tem algum projeto, mas sente dificuldade para defini-lo. Descobre, finalmente, que tinha a intenção de averiguar a impressão que uma semana de viuvez causaria na exemplar sra. Wakefield. A curiosidade o impele para a rua. Murmura: "Espiarei de longe minha casa". Caminha, se distrai; de repente percebe que o hábito o levara, insidiosamente, à sua porta, e que está a ponto de entrar. Retrocede, então, aterrorizado. Não o terão visto? Não o perseguirão? Numa esquina, vira-se e olha para sua casa: ela lhe parece diferente, porque ele já é outro, porque uma única noite produziu nele, embora ele não saiba, uma transformação. Em sua alma operou-se a mudança moral que o condenará a vinte anos de exílio. A partir daí, começa realmente a longa aventura. Wakefield compra uma peruca ruiva. Muda de hábitos; depois de algum tempo estabelece uma nova rotina. Atormenta-o a suspeita de que sua ausência não tenha transtornado suficientemente a sra. Wakefield. Decide só voltar depois de lhe ter dado um bom susto. Um dia o boticário entra na casa; outro dia, o médico. Wakefield se aflige, mas teme que seu brusco reaparecimento possa agravar o mal. Possesso, deixa o tempo passar; antes pensava: "Vou voltar daqui a tantos dias", agora, "daqui a tantas semanas". E assim se passam dez anos. Há muito não percebe que seu comportamento é insólito. Com todo o tíbio afeto de que seu coração é capaz, Wakefield continua gostando da mulher, enquanto ela o vai esquecendo. Certa manhã de domingo encontram-se na rua, em meio à multidão de Londres. Wakefield está mais magro; anda obliquamente, como se se ocultasse, como se fugisse; sua testa baixa parece sulcada de rugas; seu rosto, antes vulgar, agora é extraordinário, devido à extraordinária proeza que pôs em prática. Seus olhos miúdos espreitam ou se perdem. A mulher engordou; traz na mão um missal e toda ela parece o emblema de uma calma e resignada viuvez. Acostumou-se à tristeza e já não a trocaria, quem sabe, pela felicidade. Frente a frente, os dois se olham nos olhos. A multidão os separa, desgarra-os. Wakefield foge para seu alojamento, fecha a porta, dá duas voltas na chave e se atira na cama, onde um soluço o sacode. Por um instante, enxerga a miserável singularidade de sua vida. "Wakefield,

Wakefield! Você está louco!", diz para si mesmo. Talvez esteja. No centro de Londres, desvinculou-se do mundo. Sem ter morrido, renunciou a seu lugar e privilégios entre os vivos. Mentalmente continua vivendo em seu lar, junto da mulher. Não sabe, ou quase nunca sabe, que é outro. Repete "logo voltarei" e não pensa que faz vinte anos que vem repetindo a mesma coisa. Na memória, os vinte anos de solidão parecem um interlúdio, um mero parêntese. Numa tarde, numa tarde igual às outras, igual a milhares de tardes anteriores, Wakefield contempla a própria casa. Pelos vidros vê que no primeiro andar acenderam o fogo; no forro emoldurado, as chamas projetam a sombra grotesca da sra. Wakefield. Começa a chover; Wakefield sente uma rajada de frio. Parece ridículo se molhar, quando aí tem sua casa, o seu lar. Sobe pesadamente a escada e abre a porta. Em seu rosto brinca, espectral, o sorriso matreiro que conhecemos. Wakefield voltou, por fim. Hawthorne não nos conta seu destino ulterior, mas nos deixa adivinhar que já estava, de certo modo, morto. Transcrevo as palavras finais: "Na desordem aparente de nosso mundo misterioso, cada homem se ajusta a um sistema com tão refinado rigor — e os sistemas entre si, e todos a tudo — que o indivíduo que se desvia por um só instante corre o risco terrível de perder para sempre seu lugar. Corre o risco de ser, como Wakefield, o Pária do Universo".

Nesta breve e infausta parábola — que data de 1835 — já estamos no mundo de Herman Melville, no mundo de Kafka. Um mundo de castigos enigmáticos e culpas indecifráveis. Pode-se dizer que isso nada tem de singular, pois o universo de Kafka é o do judaísmo, enquanto o de Hawthorne é o das iras e castigos do Velho Testamento. A observação é justa, mas seu alcance não ultrapassa a ética, e a horrível história de Wakefield e muitas das histórias de Kafka têm não só uma ética em comum como também uma retórica. Há, por exemplo, a profunda *trivialidade* do protagonista, que contrasta com a magnitude de sua perdição e o entrega, ainda mais desvalido, às Fúrias. Há o fundo apagado contra o qual se recorta o pesadelo. Hawthorne, noutras narrativas, evoca um passado romântico; nesta, limita-se a uma Londres burguesa, cuja multidão lhe serve, além do mais, para esconder o herói.

Aqui, sem nenhum demérito para Hawthorne, eu gostaria de introduzir uma observação. A circunstância, a estranha circunstância, de encontrar num conto de Hawthorne, redigido no início do século XIX, o mesmo sabor dos contos em que Kafka trabalhou no início do século XX, não nos deve fazer esquecer que o sabor de Kafka foi criado, foi determinado por Kafka. "Wakefield" prefigura Kafka, mas este modifica e afina a leitura de "Wakefield". A dívida é mútua: um grande escritor cria os seus precursores. Cria-os e de certo modo os justifica. Assim, o que seria de Marlowe sem Shakespeare?

O tradutor e crítico Malcolm Cowley vê em "Wakefield" uma alegoria da curiosa reclusão de Nathaniel Hawthorne. Schopenhauer, em passagem famosa, escreve que não há ato, que não há pensamento, que não há doença que não sejam voluntários; se houver verdade nessa opinião, será possível conjecturar que Nathaniel Hawthorne se afastou durante muitos anos da sociedade dos homens para que não faltasse no universo, cujo propósito talvez seja a variedade, a história singular de Wakefield. Se Kafka tivesse escrito essa história, Wakefield não teria conseguido, jamais, voltar para casa; Hawthorne permite que ele volte, mas sua volta não é menos lamentável nem menos atroz que sua longa ausência.

Uma parábola de Hawthorne, que esteve a ponto de ser magistral e não é, pois foi prejudicada pela preocupação com a ética, é a que se intitula "Earth's Holocaust": o Holocausto da Terra. Nessa ficção alegórica, Hawthorne prevê um momento em que os homens, fartos de acumulações inúteis, resolvem destruir o passado. Reúnem-se num entardecer para esse fim, num dos vastos territórios do oeste dos Estados Unidos. Homens de todos os confins do mundo chegam àquela planície. No centro fazem uma fogueira altíssima, que alimentam com todas as genealogias, todos os diplomas, todas as medalhas, todas as ordens, todos os títulos de nobreza, todos os brasões, todas as coroas, todos os cetros, todas as tiaras, todas as púrpuras, todos os dosséis, todos os tronos, todos os alcoóis, todas as sacas de café, todas as caixas de chá, todos os charutos, todas as cartas de amor, toda a artilharia, todas as espadas, todas as bandeiras, todos os tambores marciais, todos os instrumentos de tortura, todas as guilhotinas, todas as forcas, todos os metais preciosos, todo o dinheiro, todos os títulos de propriedade, todas as constituições e códigos, todos os livros, todas as mitras, todas as dalmáticas, todas as sagradas escrituras que povoam e exaurem hoje a Terra. Hawthorne observa com assombro e certo escândalo a combustão; um homem de ar pensativo lhe diz que ele não deve se alegrar nem se entristecer, pois a vasta pirâmide de fogo não consumiu senão o que era consumível nas coisas. Outro espectador — o demônio — comenta que os empresários do Holocausto se esqueceram de jogar no fogo o essencial, o coração humano, onde está a raiz de todo pecado, e que apenas teriam destruído umas quantas formas. Hawthorne conclui assim: "O coração, o coração, é essa a pequena esfera ilimitada em que se enraíza a culpa daquilo que o crime e a miséria do mundo apenas simbolizam. Purifiquemos essa esfera interior, e as muitas formas do mal que obscurecem este mundo visível fugirão feito fantasmas, porque se não ultrapassarmos a inteligência e procurarmos, com esse instrumento imperfeito, discernir e corrigir o que nos atormenta, toda a nossa obra será um sonho. Um sonho tão insubstancial que pouco importará que a fogueira que descrevi com tanta fidelidade seja o que chamamos um fato real e um fogo que chamusca as mãos ou um fogo imaginário e uma parábola". Hawthorne, aqui, se deixou levar pela doutrina cristã, especificamente calvinista, da depravação inata nos homens, e não parece ter notado que sua parábola de uma destruição ilusória de todas as coisas é suscetível de um sentido filosófico e não apenas moral. Com efeito, se o mundo for sonho de Alguém, se houver Alguém que agora esteja nos sonhando e que sonha a história do universo, como prega a doutrina da escola idealista, a aniquilação das religiões e das artes, o incêndio geral das bibliotecas não será muito mais importante do que a destruição dos móveis de um sonho. A mente que alguma vez os sonhou voltará a sonhá-los; enquanto a mente continuar sonhando, nada se terá perdido. A convicção desta verdade, que parece fantástica, fez com que Schopenhauer, em seu livro *Parerga und Paralipomena*, comparasse a história com um caleidoscópio, no qual as figuras mudam, mas não os pedacinhos de vidro, com uma eterna e confusa tragicomédia em que mudam os papéis e as máscaras, mas não os atores. Essa mesma intuição de que o universo é uma projeção de nossa alma e de que a história universal está em cada homem levou Emerson a escrever o poema que se intitula "History".

No que se refere à fantasia de abolir o passado, não sei se cabe lembrar que ela foi ensaiada na China, com sorte adversa, três séculos antes de Jesus. Escreve Herbert Allen Giles: "O ministro Li Su propôs que a história começasse com o novo monarca, que recebeu o título de Primeiro Imperador. Para ceifar as vãs pretensões da antiguidade, ordenou-se a confiscação e queima de todos os livros salvo os que ensinassem agricultura, medicina ou astrologia. Aqueles que esconderam livros foram marcados a ferro em brasa e obrigados a trabalhar na construção da Grande Muralha. Muitas obras preciosas pereceram; a posteridade deve à abnegação e à coragem de obscuros e ignorados homens de letras a conservação do cânone de Confúcio. Tantos literatos, conta-se, foram executados por desacatar as ordens imperiais, que no inverno cresceram melões no lugar onde tinham sido enterrados". Na Inglaterra, em meados do século XVII, idêntico propósito ressurgiu em meio aos puritanos, os antepassados de Hawthorne. "Num dos parlamentos populares convocados por Cromwell", relata Samuel Johnson, "se propôs muito seriamente que fossem queimados os arquivos da torre de Londres, que se apagasse toda memória das coisas pretéritas e que toda a gestão da vida recomeçasse." Ou seja, o propósito de abolir o passado já aconteceu no passado e — paradoxalmente — é uma das provas de que o passado não pode ser abolido. O passado é indestrutível; cedo ou tarde todas as coisas voltam, e uma das coisas que voltam é o projeto de abolir o passado.

Como Stevenson, filho também de puritanos, Hawthorne nunca deixou de sentir que a tarefa do escritor era frívola ou, o que é pior, motivo de culpa. No prólogo da *Letra escarlate*, imagina a sombra dos que o antecederam olhando-o escrever seu romance. A passagem é curiosa: "Que estará fazendo? — diz uma velha sombra às outras. — Está escrevendo um livro de contos! Que ofício será esse, que modo de glorificar a Deus ou de ser útil aos homens, em seu devido tempo e geração? A mesma coisa seria se esse desnaturado fosse violinista". A passagem é curiosa, porque encerra uma espécie de confidência e corresponde a escrúpulos íntimos. Corresponde também ao antigo pleito entre a ética e a estética ou, se quisermos, entre a teologia e a estética. Um de seus primeiros testemunhos consta na Sagrada Escritura e proíbe os homens de adorar ídolos. Outro é o de Platão, que no décimo livro da *República* argumenta deste modo: "Deus cria o Arquétipo (a ideia original) da mesa; o carpinteiro, um simulacro". Outro é o de Maomé, que declarou que toda representação de uma coisa viva comparecerá diante do Senhor, no dia do Juízo Final. Os anjos ordenarão ao artífice que a anime; este fracassará e será lançado no Inferno durante certo tempo. Alguns doutores muçulmanos afirmam que estão vedadas apenas as imagens capazes de projetar sombra (as esculturas)... De Plotino, conta-se que praticamente se envergonhava de habitar um corpo e que não permitiu aos escultores a perpetuação de suas feições. Certa vez um amigo lhe implorou que se deixasse retratar; Plotino disse: "Fico bastante cansado de ter que arrastar este simulacro em que a natureza me mantém encarcerado. Devo consentir ainda que se perpetue a imagem desta imagem?".

Nathaniel Hawthorne desfez essa dificuldade (que não é ilusória) do jeito que sabemos; compôs moralidades e fábulas; fez ou procurou fazer da arte uma função da consciência. Assim, para ficar com um só exemplo, o romance *The House of the Seven Gables* (A casa das sete torres) quer mostrar que o mal cometido por uma geração perdura e se prolonga nas seguintes, como uma espécie de castigo herdado. Andrew Lang comparou esse romance com os de Émile Zola, ou com a teoria dos romances de Émile Zola; salvo algum assombro momentâneo, não sei que utilidade pode ter a aproximação desses nomes heterogêneos. O fato de Hawthorne buscar ou tolerar um propósito de índole moral não invalida, não pode invalidar, sua obra. No decurso de uma vida consagrada menos a viver do que a ler, verifiquei muitas vezes que os propósitos e teorias literárias não passam de estímulos e que a obra final costuma ignorá--los e até contradizê-los. Se no autor houver algo, nenhum propósito, por mais fútil ou errôneo que seja, poderá afetar, de modo irreparável, sua obra. Um autor pode padecer de preconceitos absurdos, mas sua obra, se for genuína, se corresponder a uma visão genuína, não poderá ser absurda. Por volta de 1916, os romancistas da Inglaterra e da França acreditavam (ou acreditavam que acreditavam) que todos os alemães eram demônios; em seus romances, no entanto, apresentavam-nos como seres humanos. Em Hawthorne, a visão germinal era sempre verdadeira; o falso, o eventualmente falso, era a moral da história, que acrescentava no último parágrafo, ou os personagens que imaginava, que armava, para representá-la. Os personagens da *Le-*

tra escarlate — especialmente Hester Prynne, a heroína — são mais independentes, mais autônomos do que os de outras ficções suas; costumam assemelhar-se aos habitantes da maioria dos romances e não são meras projeções de Hawthorne ligeiramente disfarçadas. Essa objetividade, essa relativa e parcial objetividade, talvez seja a razão que levou dois escritores tão agudos (e tão diferentes) como Henry James e Ludwig Lewisohn a julgarem *A letra escarlate* a obra-prima de Hawthorne, seu legado imprescindível. Arrisco-me a divergir dessas duas autoridades. Quem busca objetividade, quem tem fome e sede de objetividade, deverá procurá-la em Joseph Conrad ou em Tolstoi; quem buscar o sabor peculiar de Hawthorne vai encontrá-lo menos em seus elaborados romances do que em alguma página lateral ou nos contos leves e patéticos. Não sei bem como fundamentar minha divergência; nos três romances americanos e no *Fauno de mármore* vejo apenas uma série de situações, urdidas com destreza profissional para comover o leitor, mas não uma espontânea e viva atividade da imaginação. Esta (repito) produziu o argumento geral e as digressões, e não a articulação dos episódios e a psicologia — de alguma coisa temos de chamá-la — dos atores.

Johnson observa que nenhum escritor gosta de dever algo a seus contemporâneos; Hawthorne ignorou-os na medida do possível. Talvez tenha feito bem; talvez nossos contemporâneos — sempre — se pareçam demais conosco, e quem está atrás de novidades vai encontrá-las com mais facilidade nos antigos. Hawthorne, segundo seus biógrafos, não leu De Quincey, não leu Keats, não leu Victor Hugo — que também não se leram entre si. Groussac não tolerava que um americano pudesse ser original; em Hawthorne, denunciou "a notável influência de Hoffmann"; juízo que parece fundado numa equitativa ignorância de ambos os autores. A imaginação de Hawthorne é romântica; seu estilo, apesar de alguns excessos, corresponde ao do século XVIII, ao fraco final do admirável século XVIII.

Li vários fragmentos do diário que Hawthorne escreveu para distrair sua longa solidão; relatei, ainda que brevemente, dois contos; agora vou ler uma página do *Marble Faun* para vocês ouvirem Hawthorne. O tema é aquele poço ou abismo que se abriu, segundo os historiadores latinos, no centro do Fórum, e em cujo cego fundo um romano se jogou, armado e a cavalo, para tornar propícios os deuses. Reza o texto de Hawthorne:

— Admitamos — disse Kenyon — que este seja precisamente o lugar onde se abriu a caverna, na qual o herói se atirou com seu bom cavalo. Imaginemos o buraco enorme e escuro, impenetravelmente fundo, com vagos monstros e faces atrozes olhando lá de baixo e enchendo de horror os cidadãos que haviam se aproximado da borda. Havia dentro, não se pode duvidar, visões proféticas (exposições de todos os infortúnios de Roma), sombras de gauleses e vândalos e dos soldados francos. Que pena que o tamparam tão depressa! Eu daria qualquer coisa por uma espiada.

— Eu acho — disse Miriam — que não há ninguém que não lance um olhar nessa fenda nos momentos sombrios de abatimento, isto é, de intuição.

— Essa fenda — disse o amigo dela — era só uma boca do abismo de escuridão que está debaixo de nós, em toda parte. A substância mais firme da felicidade dos homens é uma lâmina interposta sobre esse abismo e que mantém nosso mundo ilusório. Não é preciso um terremoto para rompê-la; basta apoiar o pé. Temos que pisar com muito cuidado. Inevitavelmente, afundamos no fim. Foi um tolo alarde de heroísmo o de Cúrcio quando se adiantou para precipitar-se lá no fundo, pois Roma inteira, como veem, já caiu. O Palácio dos Césares caiu com um ruído de pedras desmoronadas. Todos os templos caíram, e ainda jogaram milhares de estátuas. Todos os exércitos e triunfos também caíram, marchando, naquela caverna, e soava a música marcial enquanto se despenhavam...

Até aqui Hawthorne. Do ponto de vista da razão (da mera razão que não deve se intrometer nas artes), a candente passagem que traduzi é indefensável. A fenda que se abriu no meio do Fórum é demasiadas coisas. No decurso de um único parágrafo é a fenda de que falam os historiadores latinos e também é a boca do Inferno "com vagos monstros e faces atrozes", e ainda é o horror essencial da vida humana assim como o Tempo, que devora estátuas e exércitos, além de ser a Eternidade, que encerra os tempos. É um símbolo múltiplo, um símbolo capaz de muitos valores, talvez incompatíveis. Para a razão, para o entendimento lógico, essa variedade de valores pode constituir um escândalo, mas não para os sonhos, que têm sua álgebra singular e secreta e em cujo ambíguo território uma coisa pode ser muitas coisas. Esse mundo de sonhos é o de Hawthorne. Certa vez, ele se propôs a escrever um sonho, "que fosse como um sonho verdadeiro e que tivesse a incoerência, as esquisitices e a falta de propósito dos sonhos", e se maravilhou de que ninguém, até aquele dia, tivesse realizado algo semelhante. No mesmo diário em que deixou escrito esse estranho projeto — que toda a nossa literatura "moderna" procura pôr em prática, e que talvez só Lewis Carroll tenha realizado — anotou milhares de impressões corriqueiras de pequenos traços concretos (o movimento de uma galinha, a sombra de um galho na parede) que abrangem seis volumes, cuja inexplicável abundância é a consternação de todos os biógrafos. "Parecem cartas agradáveis e inúteis", escreve com perplexidade Henry James, "que teria endereçado para si mesmo um homem temeroso de que as abrissem no correio e que, de antemão, tivesse resolvido não dizer nada de comprometedor." Tenho para mim que Nathaniel Hawthorne registrava, ao longo dos anos, essas trivialidades a fim de demonstrar para si mesmo que era real, para se libertar, de alguma forma, da impressão de irrealidade, de ser um fantasma, que com frequência o visitava.

Em certo dia de 1840, ele escreveu: "Aqui estou no meu quarto habitual, onde parece que sempre estou. Aqui concluí muitos contos, muitos dos quais depois queimei, muitos que, sem dúvida, mereciam esse destino ardente. Este é um cômodo enfeitiçado, porque milhares e milhares de visões povoaram seu interior e algumas agora se tornaram visíveis para o mundo. Às vezes julgava estar na sepultura, gelado, imobilizado e intumescido; outras vezes, julgava ser feliz... Agora começo a compreender por que fui prisioneiro tantos anos deste quarto solitário e por que não pude romper suas grades invisíveis. Se tivesse conseguido me evadir antes, agora seria duro e áspero e teria o coração coberto de pó terreno... Na verdade, somos somente sombras...". Nas linhas que acabo de transcrever, Hawthorne menciona "milhares e milhares de visões". A cifra talvez não seja uma hipérbole; os doze tomos das obras completas de Hawthorne incluem cento e tantos contos, e estes são uns poucos dos muitíssimos que esboçou em seu diário. (Entre os concluídos há um — "Mr. Higginbotham's Catastrophe" ("A morte repetida") — que prefigura o gênero policial inventado por Poe). Miss Margaret Fuller, que conviveu com ele na comunidade utópica de Brook Farm, escreveu depois: "Daquele oceano só tivemos umas gotas", e Emerson, que também era amigo dele, acreditava que Hawthorne não tivesse dado completamente sua medida. Hawthorne casou-se em 1842, ou seja, aos 38 anos; sua vida, até essa data, foi quase puramente imaginativa, mental. Trabalhou na alfândega de Boston, foi cônsul dos Estados Unidos em Liverpool, morou em Florença, Roma e Londres, mas sua realidade foi, sempre, o tênue mundo crepuscular, ou lunar, das imaginações fantásticas.

No começo desta aula, mencionei a doutrina do psicólogo Jung que equipara as invenções literárias às invenções oníricas, a literatura aos sonhos. Essa doutrina não parece aplicável às literaturas que usam o idioma espanhol, clientes do dicionário e da retórica, mas não da fantasia. Em compensação, é adequada às letras da América do Norte. Estas (como as da Inglaterra e da Alemanha) são mais capazes de inventar que de transcrever, de criar que de observar. Desse traço procede a curiosa veneração que os norte-americanos tributam às obras realistas e que os leva a postular, por exemplo, que Maupassant seja mais importante do que Hugo. A razão é que um escritor norte-americano tem a possibilidade de ser Hugo; não, sem violência, de ser Maupassant. Comparada com a dos Estados

Unidos, que deu vários homens de gênio, que influiu na Inglaterra e na França, nossa literatura argentina corre o risco de parecer um tanto provinciana; contudo, no século XIX, produziu algumas páginas de realismo — algumas admiráveis crueldades de Echeverría, Ascasubi, Hernández, do ignorado Eduardo Gutiérrez — que os norte-americanos não superaram (talvez não tenham igualado) até hoje. Faulkner, se poderia objetar, não é menos brutal que nossos gauchescos. Ele o é, bem o sei, mas de um modo alucinatório. De um modo infernal, não terrestre. Do modo dos sonhos, do modo inventado por Hawthorne.

Este morreu no dia 18 de maio de 1864, nas montanhas de New Hampshire. Sua morte foi tranquila e misteriosa, pois ocorreu durante o sono. Nada nos impede de imaginar que morreu sonhando, e até podemos inventar a história que sonhava — a última de uma série infinita — e de que forma a morte a coroou ou apagou. Algum dia talvez eu a escreva, e vou procurar compensar com um conto aceitável esta aula deficiente e um tanto digressiva.

Van Wyck Brooks, em *The Flowering of New England*, D. H. Lawrence, em *Studies in Classic American Literature*, e Ludwig Lewisohn, em *The Story of American Literature*, analisam e julgam a obra de Hawthorne. Há muitas biografias. Eu consultei a que Henry James redigiu em 1879 para a série *English Men of Letters*, de Morley.

Morto Hawthorne, os demais escritores herdaram sua tarefa de sonhar. Na próxima aula estudaremos, se a indulgência de vocês puder tolerar, a glória e os tormentos de Poe, em quem o sonho se exacerbou em pesadelo.

valéry como símbolo

Aproximar o nome de Walt Whitman ao de Paul Valéry é, à primeira vista, uma operação arbitrária e (o que é pior) inepta. Valéry é símbolo de infinitas destrezas, mas também de infinitos escrúpulos; Whitman, de uma vocação de felicidade quase incoerente, porém titânica; Valéry, de forma ilustre, personifica os labirintos do espírito; Whitman, as interjeições do corpo. Valéry é símbolo da Europa e de seu delicado crepúsculo; Whitman, do amanhecer dos Estados Unidos. O mundo inteiro da literatura parece não admitir duas aplicações mais antagônicas da palavra *poeta*. Um fato, contudo, os une: a obra dos dois é menos preciosa como poesia do que como signo de um poeta exemplar, criado por essa obra. Assim, o poeta inglês Lascelles Abercombrie elogia Whitman por ter criado, "da riqueza de sua nobre experiência, essa figura vívida e pessoal que é uma das poucas coisas realmente grandes da poesia do nosso tempo: a figura dele mesmo". O juízo é vago e superlativo, mas tem a singular virtude de não identificar Whitman, homem de letras e devoto de Tennyson, com Whitman, herói semidivino de *Leaves of Grass*. A distinção é válida; Whitman redigiu suas rapsódias em função de um eu imaginário, formado em parte dele mesmo, em parte de cada um de seus leitores. Daí as divergências que exasperaram a crítica; daí o costume de datar seus poemas em territórios que jamais conheceu; daí que, em tal página de sua obra, nascesse nos estados do Sul, e em outra (também na realidade) em Long Island.

Um dos propósitos das composições de Whitman é definir um homem possível — Walt Whitman —, de ilimitada e negligente felicidade; não menos hiperbólico, não menos ilusório, é o homem que as composições de Valéry definem. Este não enaltece, como aquele, as capacidades humanas de filantropia, fervor e felicidade; enaltece as virtudes mentais. Valéry criou Edmond Teste; esse personagem seria um dos mitos de nosso século se todos, no íntimo, não o julgássemos um mero *Doppelgänger* de Valéry. Para nós, Valéry é Edmond Teste. Ou seja, Valéry é uma derivação do Chevalier Dupin de Edgar Allan Poe e do inconcebível Deus dos teólogos. O que, em termos verossímeis, não é verdade.

Yeats, Rilke e Eliot escreveram versos mais memoráveis que os de Valéry; Joyce e Stefan George realizaram mudanças mais profundas em seu instrumento (talvez o francês seja menos modificável que o inglês e o alemão); mas atrás da obra desses eminentes artífices não há uma personalidade comparável à de Valéry. A circunstância de que essa personalidade seja, de alguma forma, uma projeção da obra não diminui o fato. Propor aos homens a lucidez numa era baixamente romântica, na era melancólica do nazismo e do materialismo dialético, dos áugures da seita de Freud e dos comerciantes do *surréalis-*

me, tal é a benemérita missão que Valéry desempenhou (e continua desempenhando).

Paul Valéry deixa-nos, ao morrer, o símbolo de um homem infinitamente sensível a todo fato e para o qual todo fato é um estímulo capaz de suscitar uma infinita série de pensamentos. De um homem que transcende os traços diferenciais do eu e de quem podemos dizer, como William Hazlitt de Shakespeare: *"He is nothing in himself"*. De um homem cujos textos admiráveis não esgotam nem sequer definem as possibilidades de todo tipo que nele existem. De um homem que, num século que adora os caóticos ídolos do sangue, da terra e da paixão, preferiu sempre os lúcidos prazeres do pensamento e as secretas aventuras da ordem.

Buenos Aires, 1945

o enigma de edward fitzgerald

Um homem, Omar ben Ibrahim, nasce na Pérsia, no século XI da era cristã (aquele século foi para ele o quinto da Hégira), e aprende o Alcorão e as tradições com Hassan ben Sabbah, futuro fundador da seita dos Hashishin ou Assassinos, e com Nizam ul-Mulk, que será vizir de Alp Arslan, conquistador do Cáucaso. Os três amigos, meio a sério, meio de brincadeira, juram que, se algum dia a fortuna vier a favorecer um deles, o agraciado não se esquecerá dos outros. Depois de anos, Nizam chega à dignidade de vizir: Omar não lhe pede mais que um canto à sombra de sua felicidade, para rezar pela prosperidade do amigo e meditar sobre a matemática. (Hassam pede e obtém um cargo elevado e, finalmente, manda apunhalar o vizir.) Omar recebe do tesouro de Nishapur uma pensão anual de 10 mil dinares e pode se dedicar ao estudo. Descrê da astrologia judiciária, mas cultiva a astronomia, colabora na reforma do calendário promovida pelo sultão e compõe um famoso tratado de álgebra, que dá equações numéricas para as equações de primeiro e segundo grau, e geométricas, mediante a intersecção de cônicas, para as de terceiro. Os arcanos do número e dos astros não esgotam sua atenção; lê, na solidão de sua biblioteca, os textos de Plotino, que no vocabulário do islã é o Platão Egípcio ou o Mestre Grego, e as cinquenta e tantas epístolas da herética e mística Enciclopédia dos Irmãos da Pureza, nas quais se argumenta que o universo é uma emanação da Unidade, e que retornará à Unidade... Ele foi, dizem, prosélito de Alfarabi, que entendeu que as formas universais não existem fora das coisas, e de Avicena, que ensinou que o mundo é eterno. Uma crônica relata que ele crê, ou se diverte com a ideia de crer, nas transmigrações da alma, do corpo humano para o corpo dos animais, e que certa vez teria falado com um asno assim como Pitágoras falou com um cão. É ateu, mas sabe interpretar de um modo ortodoxo as mais árduas passagens do Alcorão, porque todo homem culto é um teólogo, e para sê-lo não é indispensável a fé. Nos intervalos da astronomia, da álgebra e da apologética, Omar ben Ibrahim al-Khayyam lavra suas composições de quatro versos, dos quais o primeiro, o segundo e o último rimam entre si; o manuscrito mais copioso lhe atribui quinhentas dessas quadras, número exíguo que será desfavorável à sua glória, pois na Pérsia (como na Espanha de Lope e de Calderón) o poeta deve ser prolífico. No ano 517 da Hégira, Omar está lendo um tratado que se intitula *O Um e os Muitos*; um mal-estar ou uma premonição o interrompem. Levanta-se, marca a página que seus olhos não voltarão a ver e se reconcilia com Deus, com aquele Deus que talvez exista e cujo favor ele implorou nas páginas difíceis de sua álgebra. Morre nesse mesmo dia, na hora do pôr do sol. Por aqueles anos, numa ilha ocidental e boreal que os cartógrafos do islã desconhecem, um rei saxão que derrotou um rei da Noruega é derrotado por um duque normando.

Sete séculos transcorrem, com suas luzes e agonias e mutações, e na Inglaterra nasce um homem, FitzGerald, menos intelectual que Omar, mas talvez mais sensível e mais triste. FitzGerald sabe que seu verdadeiro destino é a literatura e a ensaia com indolência e tenacidade. Lê e relê o *Quixote*, que quase lhe parece o melhor de todos os livros (mas não quer ser injusto com Shakespeare e com *dear old Virgil*), e seu amor se estende ao dicionário em que procura as palavras. Entende que todo homem em cuja alma se encerra alguma música pode versificar dez ou doze vezes no curso natural de sua vida, se os astros lhe forem propícios, mas não se propõe a abusar desse módico privilégio. É amigo de pessoas ilustres (Tennyson, Carlyle, Dickens, Thackeray), a quem não se sente inferior, a despeito de sua modéstia e cortesia. Publicou um diálogo decorosamente escrito, *Euphranor*, e versões medíocres de Calderón e dos grandes trágicos gregos. Do estudo do espanhol passou para o estudo do persa e iniciou uma tradução de *Mantiq al-Tayr*, essa epopeia mística dos pássaros que procuram seu rei, o Simurg, e finalmente chegam ao palácio dele, que se encontra atrás dos sete mares, e descobrem que eles são o Simurg e que o Simurg é todos e cada um deles. Por volta de 1854, alguém lhe empresta uma coleção manuscrita das composições de Omar, organizada sem outra lei senão a ordem alfabética das rimas; FitzGerald verte alguma para o latim e entrevê a possibilidade de tramar com elas um livro contínuo e orgânico, em cujo início estejam as imagens da manhã, da rosa e do rouxinol, e no fim, as da noite e da sepultura. A esse propósito improvável e mesmo inverossímil, FitzGerald dedica sua vida de homem indolente, solitário e cheio de manias. Em 1859, publica uma primeira versão das *Rubaiyat*, a que se seguem outras, ricas em variantes e escrúpulos. Um milagre acontece: da fortuita conjunção de um astrônomo persa que condescendeu à poesia com um inglês excêntrico que percorre, talvez sem entendê-los completamente, livros orientais e hispânicos, surge um extraordinário poeta, que não se parece com os dois. Swinburne escreve que FitzGerald "deu a Omar Khayyam um lugar perpétuo entre os maiores poetas da Inglaterra", e Chesterton, sensível ao que há de romântico e clássico nesse livro sem par, observa que há nele, ao mesmo tempo, "uma melodia que escapa e uma inscrição que dura". Alguns críticos entendem que o *Omar* de FitzGerald é, de fato, um poema inglês com alusões persas; FitzGerald interpelou, afinou e inventou, mas suas *Rubaiyat* parecem exigir de nós que as leiamos como persas e antigas.

O caso convida a conjecturas de índole metafísica. Omar professou (como sabemos) a doutrina platônica e pitagórica do trânsito da alma por muitos corpos; depois de séculos, a sua talvez tenha reencarnado na Inglaterra para cumprir num longínquo idioma germânico permeado de latim o destino literário que em Nishapur a matemática reprimiu. Isaac Luria el León ensinou que a alma de um morto pode entrar numa alma desventurada para sustentá-la ou instruí-la; talvez a alma de Omar tenha se hospedado, por volta de 1857, na de FitzGerald. Nas *Rubaiyat* lê-se que a história universal é um espetáculo que Deus concebe, representa e contempla; essa especulação (cujo nome técnico é panteísmo) nos levaria a pensar que o inglês foi capaz de recriar o persa, porque ambos eram, essencialmente, Deus ou faces momentâneas de Deus. Mais verossímil e não menos maravilhosa que essas conjecturas de caráter sobrenatural é a suposição de um acaso benéfico. As nuvens configuram, às vezes, formas de montanhas ou leões; analogamente, a tristeza de Edward FitzGerald e um manuscrito de papel amarelo e letras purpúreas, esquecido numa prateleira da Bodleiana de Oxford, configuraram, para nossa felicidade, o poema.

Toda colaboração é misteriosa. Essa do inglês e do persa o foi mais do que nenhuma outra, porque os dois eram muito diferentes, e talvez em vida não tivessem travado amizade, e a morte, as vicissitudes e o tempo serviram para que um soubesse do outro e fossem um único poeta.

sobre
oscar wilde

Mencionar o nome de Wilde é mencionar um dândi que fosse também um poeta, é evocar a imagem de um cavalheiro dedicado ao pobre propósito de assombrar com gravatas e metáforas. Também é evocar a noção da arte como um jogo seleto ou secreto — à maneira do tapete de Hugo Vereker e do tapete de Stefan George — e do poeta como um laborioso *monstrorum artifex* (Plínio, XXVIII, 2). É evocar o esmorecido crepúsculo do século XIX e aquela opressiva pompa de jardim de inverno ou de baile de máscaras. Nenhuma dessas evocações é falsa, mas afirmo que todas correspondem a verdades parciais e contradizem, ou menosprezam, fatos notórios.

Consideremos, por exemplo, a noção de que Wilde foi uma espécie de simbolista. Ela se apoia numa porção de circunstâncias: Wilde, por volta de 1881, foi chefe dos estetas e, dez anos depois, dos decadentes; Rebeca West acusa-o (*Henry James*, III), com perfídia, de impor à última dessas seitas "o selo da classe média"; o vocabulário do poema "The Sphynx" é estudadamente magnífico; Wilde foi amigo de Schwob e Mallarmé. Refuta-a um fato capital: em verso ou em prosa, a sintaxe de Wilde é sempre simplicíssima. Dos muitos escritores britânicos, nenhum é tão acessível aos estrangeiros. Leitores incapazes de decifrar um parágrafo de Kipling ou uma estrofe de William Morris começam e concluem numa mesma tarde *Lady Windermere's Fan*. A métrica de Wilde é espontânea ou quer parecer espontânea; sua obra não contém um único verso experimental, como este duro e sábio alexandrino de Lionel Johnson: *Alone with Christ, desolate else, left by mankind.**

A insignificância *técnica* de Wilde pode ser um argumento a favor de sua grandeza intrínseca. Se a obra de Wilde correspondesse à natureza de sua fama, seria formada por meros artifícios do tipo de *Les Palais Nomades* ou de *Los crepúsculos del jardín*. Na obra de Wilde esses artifícios abundam; recordemos o 11º capítulo de *Dorian Gray* ou "The Harlot's House" ou ainda "Symphony in Yellow" — mas seu caráter adjetivo é notório. Wilde pode prescindir desses *purple patches* (retalhos de púrpura); frase cuja invenção é a ele atribuída por Ricketts e Hesketh Pearson, mas que já se encontra no exórdio da *Epístola aos Pisões*. Essa atribuição prova o hábito de vincular ao nome de Wilde à noção de passagens decorativas.

Lendo e relendo Wilde ao longo dos anos, noto um fato que seus panegiristas nem sequer parecem ter suspeitado: o fato comprovável e elementar de que Wilde, quase sempre, tem razão. *The Soul of Man under Socialism* não é apenas eloquente; também é justo. As notas em forma de miscelânea que ele esbanjou na *Pall Mall Gazette* e no *Speaker* estão repletas de límpidas observações que supe-

---

* Só com Cristo, desamparado dos outros, abandonado pela humanidade.

ram as melhores possibilidades de Leslie Stephen ou de Saintsbury. Wilde foi acusado de exercer uma espécie de arte combinatória, à maneira de Ramon Llull; isso se aplica talvez a algumas de suas tiradas espirituosas ("um desses rostos britânicos que, vistos uma vez, sempre se esquecem"), mas não ao juízo de que a música nos revela um passado desconhecido e talvez real (*The Critic as Artist*) ou àquele de que todos os homens matam aquilo que amam (*The Ballad of Reading Gaol*), ou ainda àquele outro de que se arrepender de um ato é modificar o passado (*De Profundis*), assim como àquele,[1] não indigno de Léon Bloy ou de Swedenborg, de que não há homem que não seja, em cada momento, o que foi e o que será (*ibidem*). Não transcrevo estas linhas para veneração do leitor; cito-as como indício de uma mentalidade muito diferente daquela que, em geral, se atribui a Wilde. Este, se não me engano, foi muito mais que um Moréas irlandês; foi um homem do século XVIII, que uma vez ou outra condescendeu aos jogos do simbolismo. Como Gibbon, como Johnson, como Voltaire, foi um homem engenhoso que, além do mais, tinha razão. Foi, "para dizer de uma vez palavras fatais, um clássico, em suma".[2] Deu ao século o que o século exigia — *comédies larmoyantes* para a maioria e arabescos verbais para a minoria —, e realizou essas coisas díspares com uma espécie de negligente felicidade. Foi prejudicado pela perfeição; sua obra é tão harmoniosa que

---

1 Cf. a curiosa tese de Leibniz, que tanto escândalo produziu em Arnauld: "A noção de cada indivíduo encerra *a priori* todos os fatos que irão se passar com ele". Segundo esse fatalismo dialético, o fato de que Alexandre, o Grande, morreria na Babilônia é um atributo desse rei, assim como a soberba.

2 A frase é de Reyes, que a aplica ao homem mexicano (*Reloj de sol*, p. 158).

pode parecer inevitável e mesmo fútil. É difícil para nós imaginar o universo sem os epigramas de Wilde; essa dificuldade não os torna menos plausíveis.

Uma observação lateral. O nome de Oscar Wilde está vinculado às cidades da planície; sua glória, à condenação e ao cárcere. Contudo (isto Hesketh Pearson sentiu muito bem), o sabor fundamental de sua obra é a felicidade. Em compensação, a valorosa obra de Chesterton, protótipo da sanidade física e moral, sempre está a ponto de se transformar num pesadelo. Espreitam-na o diabólico e o horrendo; pode assumir, na página mais inócua, as formas do terror. Chesterton é um homem que quer recuperar a infância; Wilde, um homem que guarda, em que pesem os hábitos do mal e da má sorte, uma invulnerável inocência.

Como Chesterton, como Lang, como Boswell, Wilde é daqueles felizardos que podem prescindir da aprovação da crítica e mesmo, às vezes, da aprovação do leitor, pois o prazer que nos proporciona o trato com ele é irresistível e constante.

sobre
chesterton

Because He does not take away
The terror from the tree...

Chesterton, *A Second Childhood*

Edgar Allan Poe escreveu contos de puro horror fantástico ou de pura *bizarrerie*; Edgar Allan Poe foi o inventor do conto policial. Isso não é menos indubitável do que o fato de que não combinou os dois gêneros. Não impôs ao cavalheiro Auguste Dupin a tarefa de deslindar o antigo crime do Homem das Multidões ou de explicar o simulacro que fulminou, na câmara negra e escarlate, o mascarado príncipe Próspero. Chesterton, ao contrário, foi pródigo, com paixão e felicidade, nesses *tours de force*. Cada uma das peças da saga do Padre Brown apresenta um mistério, propõe explicações de tipo demoníaco ou mágico para substituí-las, no final, por outras que são deste mundo. A mestria não esgota a virtude dessas breves ficções; nelas creio perceber uma história cifrada de Chesterton, um símbolo ou espelho de Chesterton. A repetição de seu esquema ao longo dos anos e dos livros (*The Man Who Knew Too Much, The Poet and the Lunatics, The Paradoxes of Mr. Pound*) parece confirmar que se trata de uma forma essencial, e não de um artifício retórico. Estes apontamentos querem interpretar essa forma.

Antes, convém reconsiderar alguns fatos de excessiva notoriedade. Chesterton foi católico, Chesterton acreditou na Idade Média dos pré-rafaelitas (*Of London, small and white, and clean*), Chesterton pensou, como Whitman, que o mero fato de ser é tão prodigioso que nenhum infortúnio deve nos eximir de uma espécie de gratidão cósmica. Tais crenças podem ser justas, mas o interesse que promovem é limitado; supor que esgotam Chesterton é esquecer que um credo é o último termo de uma série de processos mentais e emocionais, e que um homem é toda a série. Neste país, os católicos exaltam Chesterton, os livres-pensadores o negam. Como todo escritor que professa um credo, Chesterton é julgado por ele, é reprovado ou aclamado por ele. Seu caso é similar ao de Kipling, que é sempre julgado em função do Império Britânico.

Poe e Baudelaire propuseram-se, como o atormentado Urizen de Blake, a criar um mundo terrível; é natural que a obra deles seja pródiga em formas do horror. Chesterton, ao que me parece, não teria tolerado que o acusassem de ser um tecelão de pesadelos, um *monstrorum artifex* (Plínio, XXVIII, 2), mas costuma incorrer, inevitavelmente, em visões atrozes. Pergunta se por acaso um homem pode ter três olhos, ou um pássaro três asas; fala, contra os panteístas, de um morto que, no paraíso, descobre que os espíritos dos coros angélicos têm, infindavelmente, seu próprio rosto;[1] fala de uma prisão

---

1 Ampliando um pensamento de Attar ("Em toda parte vemos só o Teu rosto"), Jalal-uddin Rumi compôs alguns versos traduzidos por Rückert (*Werke*, IV, 222) em que se diz que nos céus, no mar e nos sonhos há Um Só, e em que se elogia esse Único por ter reduzido à unidade os quatro briosos animais que puxam o carro dos mundos: a terra, o fogo, o ar e a água.

de espelhos; fala de um labirinto sem centro; fala de um homem devorado por autômatos de metal; fala de uma árvore que devora os pássaros e que em lugar de folhas dá penas; imagina (*The Man Who Was Thursday*, VI) que nos confins orientais do mundo talvez exista uma árvore que já é mais, e menos, do que uma árvore e, nos extremos ocidentais, algo, uma torre, que só por sua arquitetura já é malvada. Define o próximo pelo distante, e ainda pela atrocidade; se fala de seus olhos, chama-os com palavras de Ezequiel (1, 22), *um terrível cristal*, se da noite, aperfeiçoa um antigo horror (Apocalipse, 4, 6), e a chama de *monstro feito de olhos*. Não menos exemplar é a narrativa "How I Found the Superman". Chesterton fala com os pais do Super-Homem: indagados sobre a beleza do filho que não sai de um quarto escuro, eles o fazem lembrar de que o Super-Homem cria seu próprio cânone e por ele deve ser medido ("Nesse plano é mais belo do que Apolo. Visto a partir de nosso plano inferior, óbvio..."); depois admitem que não é fácil apertar a mão dele ("O senhor compreende, a estrutura é muito diferente"); em seguida, não são capazes de precisar se ele tem cabelo ou penas. Uma corrente de ar o mata, e alguns homens retiram um caixão que não tem formato humano. Chesterton relata em tom de brincadeira essa fantasia teratológica.

Tais exemplos, que seria fácil multiplicar, provam que Chesterton se resguardou de ser Edgar Allan Poe ou Franz Kafka, mas que algo no barro de seu eu tendia para o pesadelo, algo secreto, cego e central. Não terá sido em vão que dedicou suas primeiras obras à justificação dos grandes artífices góticos, Browning e Dickens; não terá sido em vão que repetiu que o melhor livro saído da Alemanha era o dos contos de Grimm. Denegriu Ibsen e defendeu (talvez indefensavelmente) Rostand, mas os Trolls e o Forjador de *Peer Gynt* eram da matéria dos seus sonhos, *the stuff his dreams were made of.* Essa discórdia, essa precária sujeição de uma vontade demoníaca, define a natureza de Chesterton. Imagens emblemáticas dessa guerra são para mim as aventuras do Padre Brown, cada uma das quais quer explicar, somente através da razão, um fato inexplicável.[2] Por isso, eu disse, no parágrafo inicial desta nota, que suas ficções eram a história cifrada de Chesterton, símbolos e espelhos de Chesterton. Isso é tudo, exceto que a razão a que Chesterton submeteu suas imaginações não era exatamente a razão, mas a fé católica, ou seja, um conjunto de imaginações judaicas, subordinadas a Platão e Aristóteles.

Recordo duas parábolas que se opõem. A primeira consta do primeiro tomo das obras de Kafka. É a história do homem que pede para ter acesso à lei. O guardião da primeira porta lhe diz que dentro há muitas outras[3] e que não há sala que não esteja vigiada por um guardião, cada um mais forte do que o anterior. O homem senta-se para esperar. Passam-se os dias e os anos, e o homem morre. Na agonia, pergunta: "Será possível que em todos esses anos que espero terei sido o único a querer entrar?". O guardião lhe responde: "Ninguém quis entrar porque

---

2 Não a explicação do inexplicável, mas a do que é confuso, constitui a tarefa que se impõem, em geral, os romancistas policiais.

3 A noção de portas atrás de portas que se interpõem entre o pecador e a glória se encontra no *Zohar*. Veja-se Glatzer, *In Time and Eternity*, 30; também Martin Buber, *Tales of the Hasidim*, 92.

somente a ti estava destinada esta porta. Agora vou fechá-la". (Kafka comenta essa parábola, complicando-a ainda mais, no nono capítulo de *O processo*.) A outra parábola se encontra no *Pilgrim's Progress*, de Bunyan. As pessoas olham cobiçosas para um castelo guardado por muitos guerreiros; na porta há um guardião com um livro para escrever o nome daquele que for digno de entrar. Um homem intrépido se aproxima desse guardião e lhe diz: "Anote meu nome, senhor". Tira imediatamente a espada e se lança sobre os guerreiros e recebe e causa ferimentos sangrentos, até abrir caminho em meio ao fragor e entrar no castelo.

Chesterton dedicou a vida a escrever a segunda dessas parábolas, mas algo nele sempre se inclinou para escrever a primeira.

o primeiro wells

Harris relata que Oscar Wilde, indagado a propósito de Wells, respondeu: "Um Júlio Verne científico".

O juízo é de 1899; percebe-se que Wilde pensou menos em definir Wells, ou em aniquilá-lo, do que em mudar de assunto; H. G. Wells e Júlio Verne são, agora, nomes incompatíveis. Todos achamos isso, mas o exame das intrincadas razões em que se funda nosso sentimento pode não ser inútil.

A mais notória dessas razões é de ordem técnica. Wells (antes de se resignar a ser especulador sociológico) foi um admirável narrador, um herdeiro das formas breves de Swift e Edgar Allan Poe; Verne, um trabalhador esforçado e risonho. Verne escreveu para adolescentes; Wells, para todas as idades do homem. Há outra diferença, já apontada certa vez pelo próprio Wells: as ficções de Verne trafegam em coisas prováveis (um navio submarino, um navio mais extenso que os de 1872, a descoberta do polo Sul, a fotografia que fala, a travessia da África num balão; as crateras de um vulcão extinto que dão para o centro da Terra); as de Wells, em meras possibilidades (um homem invisível, uma flor que devora um homem, um ovo de cristal que reflete os acontecimentos de Marte), quando não em coisas impossíveis: um homem que volta do futuro com uma flor futura; um homem que volta da outra vida com o coração à direita, porque o inverteram inteiramente, como num espelho. Li que Verne, escandalizado com as licenças que se permite *The First Men in the Moon*, teria dito, indignado: "*Il invente!*".

As razões que acabo de indicar me parecem válidas, mas não explicam por que Wells é infinitamente superior ao autor de *Héctor Servadac*, assim como também a Rosney, Lytton, Robert Paltock, Cyrano, ou a qualquer outro precursor de seus métodos.[1] A maior felicidade de seus argumentos não basta para resolver o problema. Em livros não muito breves, o argumento não pode ser mais que um pretexto, ou um ponto de partida. É importante para a execução da obra, não para os prazeres da leitura. Isso pode ser observado em *todos* os gêneros; os melhores romances policiais não são os de melhor argumento. (Se os argumentos fossem tudo, não existiria o *Quixote* e Shaw valeria menos do que O'Neill.) Na minha opinião, a precedência dos primeiros romances de Wells — *The Island of Dr. Moreau*, por exemplo, ou *The Invisible Man* — se deve a uma razão mais profunda. Não é apenas engenhoso o que relatam; também é simbólico de processos que de algum modo são inerentes a todos os destinos humanos. O homem invisível, acossado e obrigado a dormir como se estivesse de olhos abertos porque suas pálpebras não evitam a luz, é nossa solidão e nosso terror; o conciliábulo de mons-

---

1 Wells, em *The Outline of History* (1931), exalta a obra de outros dois precursores: Francis Bacon e Luciano de Samósata.

tros sentados que elucubram fanhosamente no escuro da noite um credo servil é o Vaticano e é Lhasa. A obra que perdura é sempre capaz de uma infinita e plástica ambiguidade; é tudo para todos, como o Apóstolo; é um espelho que torna patentes os traços do leitor e é também um mapa do mundo. Além do mais, tudo deve acontecer de modo evanescente e modesto, quase a despeito do autor, que deve parecer ignorar todo simbolismo. Com essa lúcida inocência procedeu Wells em seus primeiros exercícios fantásticos, que são, a meu ver, o mais admirável que sua obra admirável contém.

Aqueles que dizem que a arte não deve propalar doutrinas costumam referir-se a doutrinas contrárias às suas. Obviamente, esse não é o meu caso; sou grato a Wells e professo quase todas as suas doutrinas, mas lamento que ele as colocasse em meio às suas narrativas. Bom herdeiro dos nominalistas britânicos, Wells reprova nosso hábito de falar da tenacidade da "Inglaterra" ou das maquinações da "Prússia"; os argumentos contra essa mitologia prejudicial me parecem indiscutíveis, mas não a circunstância de interpolá-los na história do sonho do sr. Parham. Enquanto um autor se limita a relatar acontecimentos ou a traçar os tênues desvios de uma consciência, podemos supô-lo onisciente, podemos confundi-lo com o universo ou com Deus; quando se rebaixa a argumentar, sabemos que é falível. A realidade procede por fatos, não por argumentações; podemos tolerar que Deus afirme (Êxodo, 3, 14) *Sou Aquele que Sou*, não que declare ou analise, como Hegel ou Anselmo, o *argumentum ontologicum*. Deus não deve teologizar; o escritor não deve invalidar com razões humanas a momentânea fé que a arte exige de nós. Há outro motivo: o autor que demonstra aversão por um personagem parece não tê-lo entendido completamente, parece confessar que este não é inevitável para ele. Desconfiamos de sua inteligência, assim como desconfiaríamos da inteligência de um Deus que mantivesse céus e infernos. Deus, escreveu Espinosa (*Ética*, 5, 17), não quer mal a ninguém nem quer bem a ninguém.

Como Quevedo, como Voltaire, como Goethe, como mais algum outro, Wells é menos um literato que uma literatura. Escreveu livros loquazes nos quais de algum modo ressurge a gigantesca felicidade de Charles Dickens; foi pródigo em parábolas sociológicas, organizou enciclopédias, ampliou as possibilidades do romance, reescreveu para o nosso tempo o Livro de Jó, *essa grande imitação judaica do diálogo platônico*, redigiu sem soberba e sem humildade uma autobiografia agradabilíssima, combateu o comunismo, o nazismo e o cristianismo, polemizou (cortês e moralmente) com Belloc, historiou o passado, historiou o futuro, registrou vidas reais e imaginárias. Da vasta e variada biblioteca que nos deixou, nada me agrada mais que seu relato de alguns milagres atrozes: *The Time Machine, The Island of Dr. Moreau, The Plattner Story, The First Men in the Moon*. São os primeiros livros que li; serão talvez os últimos... Penso que hão de se incorporar, como a fórmula de Teseu ou a de Ahasverus, à memória geral da espécie, e que em seu interior se multiplicarão, para além dos limites da glória de quem os escreveu, para além da morte do idioma em que foram escritos.

o *biathanatos*

Devo a De Quincey (com quem tenho uma dívida tão vasta que especificar uma parte é como recusar ou calar as demais) minha primeira notícia do *Biathanatos*. Esse tratado foi composto em princípios do século XVII pelo grande poeta John Donne,[1] que deixou o manuscrito para sir Robert Carr, sem outra proibição que não a de dá-lo "ao prelo ou ao fogo". Donne morreu em 1631; em 1642 estalou a guerra civil; em 1644, o filho primogênito do poeta deu o velho manuscrito ao prelo, "para defendê-lo do fogo". O *Biathanatos* contém umas duzentas páginas; De Quincey (*Writings*, VIII, 336) as resume assim: O suicídio é uma das formas do homicídio; os canonistas distinguem o homicídio voluntário do homicídio justificável; em boa lógica, também cabe aplicar ao suicídio essa distinção. Assim como nem todo homicida é um assassino, nem todo suicida é culpado de pecado mortal. Com efeito, tal é a tese aparente do *Biathanatos*; ela está decla-

---

1 Que ele de fato foi um grande poeta, é o que demonstram estes versos: *Licence my roving hands and let them go / Before, behind, between, above, below. / O my America! My new-found-land...* (*Elegies*, XIX).

rada no subtítulo (*The Self-Homicide is not so naturally Sin that is may never be otherwise*) e vem ilustrada, ou sobrecarregada, por um douto catálogo de exemplos fabulosos ou autênticos, de Homero,[2] "que tinha escrito mil coisas que nenhum outro pôde entender e de quem se diz que se enforcou por não ter entendido a adivinha dos pescadores", ao pelicano, símbolo do amor paterno, e às abelhas, que, conforme consta no *Hexameron* de Ambrósio, "se matam quando infringem as leis de seu rei".

O catálogo ocupa três páginas e nelas notei esta vaidade: a inclusão de exemplos obscuros ("Festo, favorito de Domiciano, que se matou para dissimular os estragos de uma doença da pele"), a omissão de outros de valor persuasivo — Sêneca, Temístocles, Catão —, que poderiam parecer fáceis demais.

Epicteto ("Lembra o essencial: a porta está aberta") e Schopenhauer ("Será o monólogo de Hamlet a meditação de um criminoso?") justificaram com abundância de páginas o suicídio; a prévia certeza de que esses defensores têm razão faz com que os leiamos com negligência. Foi o que me aconteceu com o *Biathanatos*, até que percebi, ou julguei perceber, um argumento implícito ou esotérico sob o argumento ostensivo.

Não saberemos nunca se Donne redigiu o *Biathanatos* com o propósito deliberado de insinuar esse argumento oculto ou se uma previsão desse argumento, ainda que momentânea ou crepuscular, o teria levado a essa tarefa. Mais verossímil me parece esta última hipótese; a ideia de um livro que para dizer A diz B, à maneira de

---

2 Cf. o epigrama tumular de Alceu de Messena (*Antologia grega*, VII, I).

um criptograma, é artificial, mas não a de um trabalho motivado por uma intuição imperfeita. Hugh Fausset sugeriu que Donne pensava coroar com o suicídio sua justificativa do suicídio; que Donne tenha brincado com essa ideia é possível ou provável; crer que ela baste para explicar o *Biathanatos* é, naturalmente, ridículo.

Donne, na terceira parte do *Biathanatos*, considera as mortes voluntárias que as Escrituras relatam; a nenhuma delas dedica mais páginas do que à de Sansão. Começa por afirmar que esse "homem exemplar" é um emblema de Cristo e que parece ter servido aos gregos como arquétipo de Hércules. Francisco de Vitoria e o jesuíta Gregorio de Valencia não quiseram incluí-lo entre os suicidas; Donne, para refutá-los, transcreve as últimas palavras que ele teria dito, antes de cumprir sua vingança: *Morra Sansão com os filisteus* (Juízes, 16, 30). Recusa igualmente a conjectura de santo Agostinho, para quem Sansão, ao partir os pilares do templo, não foi culpado das mortes alheias nem da própria, mas teria obedecido a uma inspiração do Espírito Santo, "como a espada que dirige seus gumes pela disposição de quem a usa" (*A Cidade de Deus*, I, 20). Donne, depois de ter provado que essa conjectura é gratuita, encerra o capítulo com uma sentença de Benito Pererio, para quem Sansão, tanto em sua morte como em outros atos, foi símbolo de Cristo.

Invertendo a tese agostiniana, os quietistas entenderam que Sansão "por violência do demônio se matou juntamente com os filisteus" (*Heterodoxos españoles*, V, I, 8); Milton (*Samson Agonistes, in fine*) defendeu-o da acusação de suicídio; Donne, é o que suspeito, viu nesse problema casuístico apenas uma espécie de metáfora ou simulacro. Não lhe importava o caso de Sansão — e por que lhe iria importar? —, ou somente lhe importava, digamos, como "emblema de Cristo". No Antigo Testamento não há herói que não tenha sido promovido a essa dignidade; para são Paulo, Adão é a figura daquele que haveria de vir; para santo Agostinho, Abel representa a morte do Salvador, e seu irmão Seth, a ressurreição; para Quevedo, "prodigioso projeto de Cristo foi Jó". Donne incorreu nessa analogia trivial para que seu leitor compreendesse: "O que foi dito antes, a propósito de Sansão, bem pode ser falso; não o será, dito de Cristo".

O capítulo que fala diretamente de Cristo não é efusivo. Limita-se a evocar duas passagens da Escritura: a frase "dou minha vida pelas ovelhas" (João, 10, 15) e a curiosa locução "entregou o espírito", que os quatro evangelistas empregam para dizer "morreu". Dessas passagens, confirmadas pelo versículo "Ninguém me tira a vida, eu a entrego" (João, 10, 18), infere que o suplício da cruz não matou Jesus Cristo e que este, na verdade, se matou com uma prodigiosa e voluntária exalação de sua alma. Donne escreveu essa conjectura em 1608; em 1631, incluiu-a num sermão que pregou, quase agonizante, na capela do palácio de Whitehall.

O propósito declarado do *Biathanatos* é mitigar o suicídio; o fundamental, indicar que Cristo se suicidou.[3] É de fato inverossímil e mesmo incrível que, para manifestar essa tese, Donne se visse reduzido a um versículo de são João e à repetição do verbo *expirar*; preferiu, sem dúvida,

---

3 Cf. De Quincey, *Writings*, VIII, 398; Kant, *Die Religion innerhalb der Grenzen der blossen Vernunft*, II, 2.

não insistir sobre um tema blasfematório. Para os cristãos, a vida e a morte de Cristo são o acontecimento central da história do mundo; os séculos anteriores o prepararam, e os seguintes o refletem. Antes que Adão fosse feito do pó da terra, antes que o firmamento separasse as águas das águas, o Pai já sabia que o Filho haveria de morrer na cruz, e para teatro dessa morte futura criou a Terra e os céus. Cristo morreu de morte voluntária, sugere Donne, e isso quer dizer que os elementos e o mundo e as gerações dos homens e Egito e Roma e Babilônia e Judá foram tirados do nada para destruí-lo. Talvez o ferro tenha sido criado para os pregos e os espinhos para a coroa de escárnio e o sangue e a água para o ferimento. Essa ideia barroca pode ser entrevista por trás do *Biathanatos*. A de um deus que fabrica o universo para fabricar seu patíbulo.

Ao reler esta nota, penso naquele trágico Philipp Batz, que se chama Philipp Mainländer na história da filosofia. Foi, como eu, leitor apaixonado de Schopenhauer. Sob sua influência (e talvez sob a influência dos gnósticos), imaginou que somos fragmentos de um Deus que no princípio dos tempos se destruiu, ávido de não ser. A história universal é a obscura agonia desses fragmentos. Mainländer nasceu em 1841; em 1876, publicou seu livro, *Filosofia da redenção*. Nesse mesmo ano se matou.

pascal

Meus amigos me dizem que usam os pensamentos de Pascal para pensar. Não há nada, certamente, no universo que não sirva de estímulo para o pensamento; quanto a mim, jamais vi naqueles memoráveis fragmentos uma contribuição para os problemas, ilusórios ou verdadeiros, de que eles tratam. Vi-os, antes, como predicados do sujeito Pascal, como traços ou epítetos de Pascal. Assim, da mesma forma que a definição *quintessence of dust* não nos ajuda a compreender os homens a não ser o príncipe Hamlet, a definição *roseau pensant* não nos ajuda a compreender os homens, mas sim um homem, Pascal.

Valéry, creio, acusa Pascal de uma dramatização voluntária; o fato é que seu livro não projeta a imagem de uma doutrina ou de um procedimento dialético, mas a de um poeta perdido no tempo e no espaço. No tempo, porque se o futuro e o passado são infinitos, não haverá realmente um quando; no espaço, porque se todo ser é equidistante do infinito e do infinitesimal, também não haverá um onde. Pascal menciona com desdém "a opinião de Copérnico", mas sua obra reflete para nós a vertigem de um teólogo, desterrado do mundo do Almagesto e extraviado no universo copernicano de Kepler e de Bruno. O mundo de Pascal é o de Lucrécio (e também o de Spencer), mas a infinitude que embriagou o romano acovarda o francês. É bem verdade que este busca a Deus e aquele se propõe libertar-nos do temor dos deuses.

Pascal, segundo nos dizem, encontrou Deus, mas a manifestação dessa felicidade é menos eloquente que a solidão que ele expressa. Nisso foi incomparável; basta recordar, aqui, o famoso fragmento 207 da edição de Brunschvieg (*Combien de royaumes nous ignorent!*) e aquele outro, imediato, em que fala da "infinita imensidão de espaços que ignoro *e me ignoram*". No primeiro, a vasta palavra *royaumes* e o desdenhoso verbo final impressionam fisicamente; por vezes cheguei a pensar que essa exclamação era de origem bíblica. Percorri, lembro-me, as Escrituras; não dei com a passagem que procurava, e que talvez não exista, mas, sim, com seu perfeito oposto, com as trêmulas palavras de um homem que se sabe nu até as entranhas sob a vigilância de Deus. Diz o Apóstolo (1 Coríntios, 13, 12): "Vemos agora como por um espelho, obscuramente; depois veremos face a face: agora conheço em parte; mas depois conhecerei *como agora sou conhecido*".

Não menos exemplar é o caso do fragmento 72. No segundo parágrafo, Pascal afirma que a natureza (o espaço) é "uma esfera infinita cujo centro está em toda parte, e a circunferência em nenhuma". Pascal pode ter encontrado essa esfera em Rabelais (III, 13), que a atribui a Hermes Trismegisto, ou no simbólico *Roman de la rose*, que a dá como sendo de Platão. Isso não importa; o significativo é que a metáfora usada por Pascal para definir o espaço foi empregada pelos que o precederam (e por sir Thomas Browne em *Religio medici*) para definir a divindade.[1] Não é a grandeza do Criador, mas a da Criação, que toca Pascal.

Expondo em palavras incorruptíveis a desordem e a miséria (*on mourra seul*), ele é um dos homens mais patéticos da história da Europa; aplicando às artes apologéticas o cálculo de probabilidades, é um dos mais vãos e frívolos. Não é um místico; pertence àqueles cristãos denunciados por Swedenborg, que supõem que o céu é um galardão e o inferno um castigo e que, habituados à meditação melancólica, não sabem falar com os anjos.[2] Deus é para ele menos importante que a refutação dos que o negam.

Esta edição[3] busca reproduzir, mediante um complexo sistema de signos tipográficos, o aspecto "inacabado, desalinhado e confuso" do manuscrito; é evidente que alcançou esse fim. As notas, porém, são pobres. Assim, na página 71 do primeiro tomo, publica-se um fragmento que desenvolve em sete linhas a conhecida prova cosmo-

---

1 Que eu me lembre, a história não registra deuses cônicos, cúbicos ou piramidais, embora registre ídolos. Em compensação, a forma da esfera é perfeita e convém à divindade (Cícero, *De natura deorum*, II, 7). Esférico foi Deus para Xenófanes e para o poeta Parmênides. Na opinião de alguns historiadores, Empédocles (fragmento 28) e Melisso o teriam concebido como esfera infinita. Orígenes entendeu que os mortos ressuscitarão em forma de esfera; Fechner (*Vergleichende Anatomie der Engel*) atribuiu essa forma, que é a do órgão visual, aos anjos.

Antes de Pascal, o insigne panteísta Giordano Bruno (*De la causa*, V) aplicou ao universo material a sentença de Trismegisto.

2 *De coelo et inferno*, 535. Para Swedenborg, assim como para Boehme (*Sex puncta theosophica*, 9, 34), o céu e o inferno são estados que o homem procura com liberdade, não um estabelecimento penal nem um estabelecimento piedoso. Cf. também Bernard Shaw, *Man and Superman*, III.

3 A de Zacharie Tourneur (Paris, 1942).

lógica de santo Tomás e Leibniz; o editor não a reconhece e observa: "Talvez Pascal esteja dando a palavra aqui a um incrédulo".

Ao pé de alguns textos, o editor cita passagens congêneres de Montaigne ou da Sagrada Escritura; esse trabalho poderia ser ampliado. Para ilustrar o *Pari*, caberia citar os textos de Arnóbio, Sirmond e Algazel indicados por Asín Palacios (*Huellas del Islam*, Madri, 1941); para ilustrar o fragmento contra a pintura, aquela passagem do décimo livro da *República*, em que se diz que Deus cria o arquétipo da mesa, o carpinteiro, um simulacro do arquétipo, e o pintor, um simulacro do simulacro; para ilustrar o fragmento 72 (*Je lui veux peindre l'immensité... dans l'enceinte de ce raccourci d'atome...*), sua prefiguração no conceito de microcosmo, sua reaparição em Leibniz (*Monadologia*, 67) e em Hugo ("La chauve-souris"):

> *Le moindre grain de sable est un globe qui roule*
> *Traînant comme la terre une lugubre foule*
> *Qui s'abhorre et s'acharne...*

Demócrito pensou que no infinito existem mundos iguais, nos quais homens iguais cumprem sem uma única variação destinos iguais; Pascal (que também pode ter se deixado influenciar pelas antigas palavras de Anaxágoras, para quem o todo está em cada coisa) dispôs esses mundos idênticos uns dentro dos outros, de sorte que não há átomo no espaço que não encerre o universo, nem universo que não seja também um átomo. É lógico pensar (embora não o tenha dito) que neles se viu multiplicado infinitamente.

o idioma analítico
de john wilkins

Acabo de constatar que a 14ª edição da *Encyclopaedia Britannica* suprime o verbete sobre John Wilkins. Essa omissão é justa, se recordarmos a trivialidade do verbete (vinte linhas de meras circunstâncias biográficas: Wilkins nasceu em 1614, Wilkins morreu em 1672, Wilkins foi capelão de Carlos Luís, príncipe palatino, Wilkins foi nomeado reitor de um dos colégios de Oxford, Wilkins foi o primeiro secretário da Real Sociedade de Londres etc.); mas condenável, se considerarmos a obra especulativa de Wilkins. Ele foi rico em felizes curiosidades: interessou-se pela teologia, pela criptografia, pela música, pela fabricação de colmeias transparentes, pelo curso de um planeta invisível, pela possibilidade de uma viagem à Lua, pela possibilidade e pelos princípios de uma linguagem mundial. A este último problema dedicou o livro *An Essay towards a Real Character and a Philosophical Language* (seiscentas páginas in-quarto maior, 1668). Não há exemplares desse livro em nossa Biblioteca Nacional; consultei, para redigir esta nota, *The Life and Times of John Wilkins* (1910), de P. A. Wright Henderson; o *Wörterbuch der Philosophie* (1924), de Fritz Mauthner; *Delphos* (1935), de E. Sylvia Pankhurst; *Dangerous Thoughts* (1939), de Lancelot Hogben.

Todos nós já suportamos esses debates inapeláveis em que uma dama, com exagero de interjeições e anacolutos, jura que a palavra *luna* é (ou não) mais expressiva que a palavra *moon*.* Salvo a evidente observação de que o monos-sílabo *moon* talvez seja mais adequado do que a palavra dis-sílaba *luna* para representar um objeto muito simples, nada se pode acrescentar a tais debates; descontadas as palavras compostas e as derivações, todos os idiomas do mundo (sem excluir o *volapük* de Johann Martin Schleyer e a romântica *interlingua* de Peano) são igualmente inexpressivos. Não há edição da *Gramática de la Real Academia Española* que não sublinhe "o invejado tesouro de vocábulos pitorescos, felizes e expressivos da riquíssima língua espanhola", mas se trata de pura empáfia, sem nenhum fundamento. Por enquanto, a mesma Real Academia elabora a cada tantos anos um di-cionário, que define os vocábulos do espanhol... No idioma universal imaginado por Wilkins em meados do século XVII, cada palavra se define a si mesma. Descartes, numa epístola datada de novembro de 1629, já tinha assinalado que, me-diante o sistema decimal de numeração, num único dia po-demos aprender a nomear todas as quantidades até o infini-to e a escrevê-las num idioma novo que é o dos algarismos;[1]

---

* Certamente se poderia repetir o argumento com a palavra lua, em português.
1 Teoricamente, o número de sistemas de numeração é ilimitado. O mais complexo (para uso das divindades e dos anjos) registraria um número infi-nito de símbolos, um para cada número inteiro; o mais simples só requer dois. Zero se escreve 0, um 1, dois 10, três 11, quatro 100, cinco 101, seis 110, sete 111, oito 1000... É invenção de Leibniz, estimulado (ao que parece) pelos hexagramas enigmáticos do *I Ching*.

ele também tinha proposto a formação de um idioma análogo, geral, que organizasse e abrangesse todos os pensamentos humanos. John Wilkins, por volta de 1664, se lançou nessa empreitada.

Dividiu o universo em quarenta categorias ou gêneros, subdivisíveis, a seguir, em diferenças, por sua vez subdivisíveis em espécies. Atribuiu a cada gênero um monossílabo de duas letras; a cada diferença, uma consoante; a cada espécie, uma vogal. Por exemplo, *de* quer dizer elemento; *deb*, o primeiro dos elementos, o fogo; *deba*, uma porção do elemento fogo, uma chama. No idioma análogo de Letellier (1850), *a* quer dizer animal; *ab*, mamífero; *abo*, carnívoro; *aboj*, felino; *aboje*, gato; *abi*, herbívoro; *abiv*, equino etc. No de Bonifacio Sotos Ochando (1845), *imaba* quer dizer edifício; *imaca*, serralho; *imafe*, hospital; *imafo*, lazareto; *imarri*, casa; *imaru*, casa de campo; *imedo*, poste; *imede*, pilar; *imego*, piso; *imela*, teto; *imogo*, janela; *bire*, encadernador; *birer*, encadernar. (Devo esta última lista a um livro impresso em Buenos Aires, em 1886: o *Curso de lengua universal*, do dr. Pedro Mata).

As palavras do idioma analítico de John Wilkins não são toscos símbolos arbitrários; cada uma das letras que as integram é significativa, como foram as da Sagrada Escritura para os cabalistas. Mauthner observa que as crianças poderiam aprender esse idioma sem saber que é artificioso; depois, no colégio, descobririam que é também uma chave universal e uma enciclopédia secreta.

Uma vez definido o procedimento de Wilkins, falta examinar um problema de impossível ou difícil postergação: o valor da tábua quadragesimal que é a base do idioma. Consideremos a oitava categoria, a das pedras. Wilkins as divide em comuns (sílex, cascalho, ardósia), de preço módico (mármore, âmbar, coral), preciosas (pérola, opala), transparentes (ametista, safira) e insolúveis (hulha, greda e arsênico). Quase tão alarmante quanto a oitava é a nona categoria. Esta nos revela que os metais podem ser imperfeitos (cinabre, azougue), artificiais (bronze, latão), recrementícios (limalha, ferrugem) e naturais (ouro, estanho, cobre). A beleza figura na 16ª categoria; é um peixe vivíparo, oblongo. Essas ambiguidades, redundâncias e deficiências lembram as que o dr. Franz Kuhn atribui a certa enciclopédia chinesa intitulada *Empório celestial de conhecimentos benévolos*. Em suas remotas páginas está escrito que os animais se dividem em a) pertencentes ao Imperador, b) embalsamados, c) amestrados, d) leitões, e) sereias, f) fabulosos, g) cachorros soltos, h) incluídos nesta classificação, i) que se agitam feito loucos, j) inumeráveis, k) desenhados com um pincel finíssimo de pelo de camelo, l) *et cetera*, m) que acabam de quebrar o jarrão, n) que de longe parecem moscas. O Instituto Bibliográfico de Bruxelas também pratica o caos: parcelou o universo em mil subdivisões, das quais a 262 corresponde ao papa; a 282, à Igreja católica romana; a 263, ao Dia do Senhor; a 268, às escolas dominicais; a 298, ao mormonismo, e a 294, ao bramanismo, budismo, xintoísmo e taoísmo. Não recusa as subdivisões heterogêneas, *verbi gratia*, a 179: "Crueldade com os animais. Proteção dos animais. O duelo e o suicídio do ponto de vista moral. Vícios e defeitos variados. Virtudes e qualidades variadas".

Registrei as arbitrariedades de Wilkins, do desconhecido (ou apócrifo) enciclopedista chinês e do Instituto Bibliográfico de Bruxelas; sabidamente não há classificação do universo que não seja arbitrária e conjectural. A razão é muito simples: não sabemos o que é o universo. "O mundo", escreve David Hume, "talvez seja o esboço rudimentar de algum deus infantil que o abandonou pela metade, envergonhado de seu trabalho deficiente; é obra de um deus subalterno, de quem os deuses superiores zombam; é a confusa produção de uma divindade decrépita e aposentada, que já morreu" (*Dialogues Concerning Natural Religion*, v, 1779). É possível ir mais longe; é possível suspeitar de que não haja universo no sentido orgânico, unificador, que tem essa ambiciosa palavra. Se houver, falta conjecturar sobre seu propósito; falta conjecturar sobre as palavras, as definições, as etimologias, as sinonímias do secreto dicionário de Deus.

A impossibilidade de penetrar no esquema divino do universo não pode, contudo, dissuadir-nos de planejar esquemas humanos, embora nos conste que estes são provisórios. O idioma analítico de Wilkins não é o menos admirável desses esquemas. Os gêneros e espécies que o compõem são contraditórios e vagos; o artifício de letras e palavras indicarem subdivisões e divisões é, sem dúvida, engenhoso. A palavra *salmão* não nos diz nada; *zana*, o termo correspondente, define (para o homem versado nas quarenta categorias e nos gêneros dessas categorias) um peixe de escamas, fluvial, de carne avermelhada. (Teoricamente, não seria inconcebível um idioma em que o nome de cada ser indicasse todos os pormenores de seu destino, passado e vindouro.)

Esperanças e utopias à parte, talvez o que de mais lúcido se tenha escrito sobre a linguagem são estas palavras de Chesterton: "O homem sabe que há na alma matizes mais desconcertantes, mais inumeráveis e mais anônimos que as cores de uma floresta outonal... Crê, no entanto, que esses matizes, em todas as suas fusões e conversões, são representáveis com precisão por um mecanismo arbitrário de grunhidos e chiados. Crê que de dentro de um corretor da bolsa possam realmente sair ruídos capazes de significar todos os mistérios da memória e todas as agonias do desejo" (*G. F. Watts*, p. 88, 1904).

kafka e seus precursores

Certa vez planejei um exame dos precursores de Kafka. A princípio, considerei-o tão singular quanto a fênix dos elogios retóricos; depois de alguma intimidade, pensei reconhecer sua voz, ou seus hábitos, em textos de diversas literaturas e de diversas épocas. Registrarei alguns deles aqui, em ordem cronológica.

O primeiro é o paradoxo de Zenão contra o movimento. Um móvel que está em A (afirma Aristóteles) não poderá alcançar o ponto B, porque antes deverá percorrer a metade do caminho entre os dois, e antes, a metade da metade, e antes, a metade da metade da metade, e assim até o infinito; a forma desse ilustre problema é, exatamente, a de *O castelo*, e o móvel e a flecha e Aquiles são os primeiros personagens kafkianos da literatura. No segundo texto que o acaso dos livros me deparou, a afinidade não está na forma, mas no tom. Trata-se de um apólogo de Han Yu, prosador do século IX, e consta na admirável *Anthologie raisonnée de la littérature chinoise* (1948), de Margouliès. É este o parágrafo que assinalei, misterioso e tranquilo: "Universalmente se admite que o unicórnio é um ser sobrenatural e de bom agouro; assim declaram as odes, os anais, as biografias de varões ilustres e outros textos cuja autoridade é indiscutível. Até os párvulos e as mulheres do povo sabem que o unicórnio constitui um presságio favorável. Mas esse animal não figura entre os animais domésticos, nem sempre é fácil encontrá-lo, não se presta a classificações. Não é como o cavalo ou o touro, o lobo ou o cervo. Em tais condições, poderíamos estar diante do unicórnio e não saberíamos com segurança que se trata dele. Sabemos que determinado animal com crina é cavalo e que outro animal com chifres é touro. Não sabemos como é o unicórnio".[1]

O terceiro texto procede de uma fonte mais previsível, os escritos de Kierkegaard. A afinidade mental desses dois escritores é coisa que ninguém ignora; o que ainda não se destacou, que eu saiba, é o fato de que Kierkegaard, assim como Kafka, foi pródigo em parábolas religiosas de tema contemporâneo e burguês. Lowrie, em seu *Kierkegaard* (Oxford University Press, 1938), transcreve duas. Uma é a história de um falsificador que examina, incessantemente vigiado, as notas do Banco da Inglaterra; Deus, da mesma forma, desconfiaria de Kierkegaard e lhe teria encomendado uma missão, justamente por sabê-lo afeito ao mal. O assunto de outra são as expedições ao polo Norte. Os párocos dinamarqueses teriam declarado do púlpito que participar de tais expedições convém à salvação eterna da alma. Teriam admitido, no entanto, que chegar ao polo era

---

1 O desconhecimento desse animal sagrado e sua morte ignominiosa ou casual nas mãos do povo são temas tradicionais da literatura chinesa. Veja-se o último capítulo de *Psychologie und Alchemie* (Zurique, 1944), de Jung, que contém duas curiosas ilustrações.

difícil e talvez impossível, e que nem todos podiam levar a cabo a aventura. Por fim, teriam anunciado que qualquer viagem — da Dinamarca a Londres, digamos, no vapor de carreira — ou um passeio dominical num carro de praça seriam, olhando-se bem, verdadeiras expedições ao polo Norte. A quarta das prefigurações foi a que encontrei no poema "Fears and Scruples", de Browning, publicado em 1876. Um homem tem, ou julga ter, um amigo famoso. Nunca o viu e o fato é que ele não pôde, até agora, ajudá-lo, mas dele contam gestos muito nobres, e cartas autênticas circulam com seu nome. Há, porém, quem ponha em dúvida os gestos, e os grafólogos afirmam o caráter apócrifo das cartas. O homem, no último verso, pergunta: "E se esse amigo fosse Deus?".

Minhas notas registram igualmente dois contos. Um pertence às *Histoires désobligeantes* de Léon Bloy e relata o caso de pessoas que estão repletas de globos terrestres, atlas, em guias ferroviários e baús, e que morrem sem jamais ter conseguido sair de sua cidade natal. O outro intitula-se "Carcassonne" e é obra de lorde Dunsany. Um exército de guerreiros invencíveis parte de um castelo infinito, subjuga reinos e vê monstros, e se exaure nos desertos e nas montanhas, mas nunca chega a Carcassonne, embora chegue a divisá-la. (Este conto é, como facilmente se perceberá, o estrito reverso do anterior; no primeiro, nunca se sai de uma cidade; no último, nunca se chega.)

Se não me engano, as peças heterogêneas que enumerei se parecem com Kafka; se não me engano, nem todas se parecem entre si. Este último fato é o mais significativo. Em cada um desses textos reside a idiossincrasia de Kafka, em grau maior ou menor, mas se Kafka não tivesse escrito, não a perceberíamos; ou seja, ela não existiria. O poema "Fears and Scruples", de Robert Browning, profetiza a obra de Kafka, mas nossa leitura de Kafka afina e desvia sensivelmente nossa leitura do poema. Browning não o lia como nós agora o lemos. No vocabulário crítico, a palavra *precursor* é indispensável, mas seria preciso purificá-la de toda conotação de polêmica ou rivalidade. O fato é que cada escritor *cria* seus precursores. Seu trabalho modifica nossa concepção do passado, assim como há de modificar o futuro.[2] Nessa correlação, nada importa a identidade ou a pluralidade dos homens. O primeiro Kafka de *Betrachtung* é menos precursor do Kafka dos mitos sombrios e das instituições atrozes do que Browning ou lorde Dunsany.

Buenos Aires, 1951

2 Veja-se T. S. Eliot, *Points of View* (1941), pp. 25-6.

do culto
dos livros

No oitavo livro da *Odisseia*, lê-se que os deuses tecem desgraças para que às futuras gerações não falte o que cantar; a afirmação de Mallarmé "O mundo existe para chegar a um livro" parece repetir, uns trinta séculos depois, o mesmo conceito de uma justificação estética dos males. As duas teleologias não coincidem, porém, inteiramente; a do grego corresponde à época da palavra oral, e a do francês a uma época da palavra escrita. Numa se fala de contar, e na outra de livros. Um livro, qualquer livro, é para nós um objeto sagrado: já Cervantes, que talvez não escutasse tudo o que lhe diziam as pessoas, lia até "os papéis rasgados das ruas". O fogo, numa das comédias de Bernard Shaw, ameaça a biblioteca de Alexandria; alguém exclama que vai arder a memória da humanidade, e César diz a ele: "Deixe-a arder. É uma memória de infâmias". O César histórico, na minha opinião, aprovaria ou condenaria o juízo que o autor lhe atribui, mas não o julgaria, como nós, uma brincadeira sacrílega. A razão é clara: para os antigos a palavra escrita não passava de um sucedâneo da palavra oral.

Consta que Pitágoras não escreveu; Gomperz (*Griechische Denker*, I, 3) sustenta que ele teria agido assim por ter mais fé na virtude da instrução falada. De maior força que a mera abstenção de Pitágoras é o testemunho inequívoco de Platão. No *Timeu*, ele afirma: "É dura tarefa descobrir o fazedor e pai deste universo, e, uma vez descoberto, é impossível declará-lo a todos os homens", e no *Fedro* narra uma fábula egípcia contra a escrita (cujo hábito faz com que descuidemos do exercício da memória e dependamos de símbolos) e diz que os livros são como as figuras pintadas, "que parecem vivas, mas não respondem palavra alguma às perguntas que lhes são feitas". Para atenuar ou eliminar esse inconveniente, imaginou o diálogo filosófico. O mestre escolhe o discípulo, mas o livro não escolhe seus leitores, que podem ser malvados ou estúpidos; esse receio platônico perdura nas palavras de Clemente de Alexandria, homem de cultura pagã: "O mais prudente é não escrever, mas aprender e ensinar de viva voz, porque o escrito fica" (*Stromateis*), e nestas do mesmo tratado: "Escrever num livro todas as coisas é deixar uma espada nas mãos de uma criança", que derivam também das evangélicas: "Não deis o santo aos cães nem jogueis vossas pérolas diante dos porcos, para que não as pisoteiem e, voltando-se contra vós, vos despedacem". Essa sentença é de Jesus, o maior dos mestres orais, que apenas uma vez escreveu algumas palavras na terra e nenhum homem as leu (João, 8, 6).

Clemente de Alexandria escreveu seu receio da escrita em fins do século II; em fins do século IV teve início o processo mental que, depois de muitas gerações, culminaria no predomínio da palavra escrita sobre a falada, da pena sobre a voz. Um admirável acaso quis que um escritor fixasse o instante (quase não exagero ao chamá-lo instante) em que teve início o vasto processo. Conta santo Agostinho, no sexto livro das *Confissões*: "Quando Ambrósio lia, passava a vista sobre as páginas, fazendo sua alma penetrar o sentido, sem proferir palavra alguma nem mover a língua. Muitas vezes — pois não se proibia ninguém de entrar nem era costume avisá-lo quando alguém chegava — o vimos ler em silêncio e nunca de outro modo, e depois de algum tempo íamos embora, conjecturando que naquele breve intervalo que lhe era concedido para reparar seu espírito, livre do tumulto dos negócios alheios, não queria que o ocupassem com outra coisa, talvez receoso de que um ouvinte, atento às dificuldades do texto, lhe pedisse explicação de alguma passagem obscura ou quisesse discuti-la com ele, e com isso não pudesse ler todos os volumes que desejava ler. Entendo que lesse desse modo para conservar a voz, que perdia com facilidade. Em todo caso, qualquer que fosse o propósito daquele homem, certamente era bom". Santo Agostinho foi discípulo de santo Ambrósio, bispo de Milão, por volta de 384; treze anos depois, na Numídia, quando redigiu suas *Confissões*, ainda o inquietava aquele singular espetáculo: um homem num quarto, com um livro, lendo sem articular as palavras.[1]

Aquele homem passava diretamente do signo escrito à intuição, omitindo o signo sonoro; a estranha arte que ele iniciava, a arte de ler em voz baixa, levaria a consequências maravilhosas. Levaria, passados muitos anos, ao conceito do livro como fim, não como instrumento de um fim. (Esse conceito místico, transladado para a literatura

---

1 Os comentadores explicam que, naquele tempo, era costume ler em voz alta para penetrar melhor o sentido, porque não havia sinais de pontuação, nem sequer divisão de palavras, e ler em grupo, para moderar ou evitar os inconvenientes da escassez de códices. O diálogo de Luciano de Samósata, *Contra um ignorante comprador de livros*, encerra um testemunho desse costume no século II.

profana, daria os singulares destinos de Flaubert e Mallarmé, de Henry James e James Joyce.) À noção de um Deus que fala com os homens para lhes ordenar ou proibir algo, se sobrepôs a do Livro Absoluto, a de uma Escritura Sagrada. Para os muçulmanos, o Corão (também chamado O Livro, *Al Kitab*) não é mera obra de Deus, como as almas dos homens ou o universo; é um dos atributos de Deus, como Sua eternidade ou Sua ira. No capítulo XIII, lemos que o texto original, "A Mãe do Livro", está depositado no Céu. Muhammad-al-Ghazali, o Algazel dos escolásticos, declarou: "O Corão é transcrito num livro, pronunciado com a língua, recordado no coração e, no entanto, continua perdurando no centro de Deus e não o altera a passagem pelas folhas escritas ou pelos entendimentos humanos". George Sale observa que esse incriado Corão não é senão sua ideia ou seu arquétipo platônico; é verossímil que Algazel recorresse aos arquétipos, comunicados ao islã pela Enciclopédia dos Irmãos da Pureza e por Avicena, para justificar a noção de Mãe do Livro.

Ainda mais extravagantes que os muçulmanos foram os judeus. No primeiro capítulo de sua Bíblia, encontra-se a sentença famosa: "E Deus disse: faça-se a luz, e a luz se fez"; os cabalistas argumentaram que a virtude dessa ordem do Senhor procedeu das letras das palavras. O tratado *Sefer Yetsirah* (Livro da formação), redigido na Síria ou na Palestina por volta do século VI, revela que Jeová dos Exércitos, Deus de Israel e Deus Todo-Poderoso, criou o universo mediante os números cardinais que vão do um ao dez, e das 22 letras do alfabeto. Que os números sejam instrumentos ou elementos da Criação é dogma de Pitágoras e de Jâmblico; que as letras o sejam é claro indício do novo culto da escrita. O segundo parágrafo do segundo capítulo reza: "Vinte e duas letras fundamentais: Deus desenhou-as, gravou-as, combinou-as, pesou-as, permutou-as e com elas produziu tudo o que é e tudo o que será". A seguir se revela qual letra tem poder sobre o ar, qual sobre a água, qual sobre o fogo, qual sobre a sabedoria, qual sobre a paz, qual sobre a graça, qual sobre o sono, qual sobre a cólera, e como (por exemplo) a letra *kaf*, que tem poder sobre a vida, serviu para formar o sol no mundo, a quarta-feira no ano e a orelha esquerda no corpo.

Mais longe foram os cristãos. A ideia de que a divindade teria escrito um livro levou-os a imaginar que escrevera dois, e que o outro era o universo. No início do século XVII, Francis Bacon afirmou em seu *Advancement of Learning* que Deus nos oferecia dois livros, para que não incorrêssemos em erro: o primeiro, o volume das Escrituras, que revela a Sua vontade; o segundo, o volume das criaturas, que revela Seu poder e seria a chave do outro. Bacon propunha-se muito mais do que fazer uma metáfora; opinava que o mundo seria redutível a formas essenciais (temperaturas, densidades, pesos, cores), que integrariam, em número limitado, um *abecedarium naturae* ou série das letras com que se escreve o texto universal.[2] Sir

---

2 Nas obras de Galileu é frequente o conceito do universo como livro. A segunda seção da antologia de Favaro (*Galileo Galilei: pensieri, motti e sentenze*, Florença, 1949) intitula-se *Il libro della Natura*. Transcrevo o seguinte parágrafo: "A filosofia está escrita naquele grandíssimo livro que continuamente se acha aberto diante de nossos olhos (quero dizer, o universo), mas que não se pode entender se antes não se estudar a língua e se conhecerem os caracteres em que está escrito. A língua desse livro é matemática e os caracteres são triângulos, círculos e outras figuras geométricas".

Thomas Browne, por volta de 1624, confirmou: "Dois são os livros em que costumo aprender teologia: a Sagrada Escritura e aquele manuscrito universal e público que é patente a todos os olhos. Aqueles que nunca O viram no primeiro irão descobri-Lo no outro" (*Religio medici*, I, 16). No mesmo parágrafo, lê-se: "Todas as coisas são artificiais, porque a Natureza é a Arte de Deus". Duzentos anos transcorreram e o escocês Carlyle, em diversos pontos de seu trabalho e particularmente no ensaio sobre Cagliostro, superou a conjectura de Bacon; propagou que a história universal é uma Escritura Sagrada que deciframos e escrevemos de forma incerta, e na qual também nos escrevem. Mais tarde, Léon Bloy escreveu: "Não há na terra um ser humano capaz de declarar quem é. Ninguém sabe o que veio fazer neste mundo, a que correspondem seus atos, seus sentimentos, suas ideias, nem qual é seu verdadeiro *nome*, seu imperecível Nome no registro da Luz... A história é um imenso texto litúrgico em que os iotas e os pontos não valem menos do que os versículos ou capítulos inteiros, mas a importância de uns e outros é indeterminável e está profundamente oculta" (*L'âme de Napoléon*, 1912). O mundo, segundo Mallarmé, existe para um livro; segundo Bloy, somos versículos ou palavras ou letras de um livro mágico, e esse livro incessante é a única coisa que há no mundo: melhor dizendo, é o mundo.

Buenos Aires, 1951

o rouxinol
de keats

Aqueles que frequentaram a poesia lírica da Inglaterra não irão se esquecer da "Ode a um rouxinol", que John Keats, tísico, pobre e talvez infeliz no amor, compôs num jardim de Hampstead, aos 23 anos, numa das noites do mês de abril de 1819. Keats, no jardim suburbano, ouviu o eterno rouxinol de Ovídio e Shakespeare, e sentiu sua própria mortalidade, contrastando-a com a tênue voz imperecível do invisível pássaro. Keats escrevera que o poeta deve dar poesias naturalmente, como uma árvore dá folhas; duas ou três horas lhe foram suficientes para produzir essas páginas de inesgotável e insaciável beleza, que depois burilaria muito pouco; sua qualidade, que eu saiba, não foi discutida por ninguém, ao contrário de sua interpretação. O nó do problema reside na penúltima estrofe. O homem contingente e mortal dirige-se ao pássaro "que as gerações famintas não esmagaram" e cuja voz é, agora, a mesma que nos campos de Israel, numa tarde antiga, ouviu Ruth, a moabita.

Em sua monografia sobre Keats publicada em 1887, Sidney Colvin (correspondente e amigo de Stevenson) percebeu ou inventou uma dificuldade na estrofe de que falo.

Transcrevo sua curiosa declaração: "Com um erro de lógica que, a meu ver, é também uma falha poética, Keats opõe à fugacidade da vida humana, entendida como a vida do indivíduo, a permanência da vida do pássaro, entendida como a vida da espécie". Em 1895, Bridges repetiu a denúncia; F. R. Leavis aprovou-a em 1936, acrescentando-lhe outro obstáculo: "Naturalmente, a falácia incluída nessa forma de pensar prova a intensidade do sentimento que a adotou...". Keats, na primeira estrofe de seu poema, chamou o rouxinol de dríade; outro crítico, Garrod, com toda a seriedade, se baseou nesse epíteto para asseverar que, na sétima, a ave é imortal porque é uma dríade, uma divindade dos bosques. Amy Lowell escreveu com mais acerto: "O leitor que tiver um lampejo de senso imaginativo ou poético vai intuir imediatamente que Keats não se refere ao rouxinol que cantava naquele momento, mas à espécie".

Recolhi cinco juízos de cinco críticos atuais e passados; entendo que de todos eles o menos inconsistente é o da norte-americana Amy Lowell, mas nego a oposição que nele se postula entre o efêmero rouxinol daquela noite e o rouxinol genérico. A chave, a exata chave da estrofe está, segundo penso, num parágrafo metafísico de Schopenhauer, que nunca a leu.

A "Ode a um rouxinol" data de 1819; em 1844 saiu o segundo volume de *O mundo como vontade e representação*. No capítulo 41, lê-se: "Perguntemo-nos com sinceridade se a andorinha deste verão é diferente daquela do verão anterior e se realmente, entre as duas, o milagre de tirar algo do nada aconteceu milhares de vezes para ser fraudado outras tantas pela aniquilação absoluta. Quem me ouvir afirmar que esse gato que está aí brincando é o mesmo que brincava e fazia travessuras nesse lugar há trezentos anos pensará de mim o que quiser, mas loucura mais estranha é imaginar que fundamentalmente é outro". Ou seja, o indivíduo é de algum modo a espécie, e o rouxinol de Keats é também o rouxinol de Ruth.

Keats, que, sem exagerada injustiça, chegou a escrever "Não sei nada, não li nada", adivinhou através das páginas de algum dicionário escolar o espírito grego; prova sutilíssima dessa adivinhação ou recriação é o fato de ter intuído no obscuro rouxinol de uma noite o rouxinol platônico. Keats, talvez incapaz de definir a palavra *arquétipo*, antecipou-se num quarto de século a uma tese de Schopenhauer.

Esclarecida assim a dificuldade, resta esclarecer uma segunda, de índole muito diversa. Como não deram com essa interpretação evidente Garrod, Leavis e os outros?[1] Leavis é professor de um dos colégios de Cambridge — a cidade que, no século XVII, congregou e deu nome aos *Cambridge Platonists* — ; Bridges escreveu um poema platônico intitulado "The Fourth Dimension"; a mera enumeração desses fatos parece agravar o enigma. Se não me engano, a razão dele deriva de algo essencial na mente britânica.

Observa Coleridge que todos os homens nascem aristotélicos ou platônicos. Os últimos sentem que as classes, as ordens e os gêneros são realidades; os primeiros, que

---

1 A esses seria preciso acrescentar o genial poeta William Butler Yeats, que, na primeira estrofe de "Sailing to Byzantium", fala das "gerações morredouras" de pássaros, com alusão deliberada ou involuntária à "Ode". Veja-se I. R. Henn, *The Lonely Tower*, 1950, p. 211.

são generalizações; para estes, a linguagem não passa de um jogo aproximativo de símbolos; para aqueles, é o mapa do universo. O platônico sabe que o universo é de algum modo um cosmos, uma ordem; essa ordem, para o aristotélico, pode ser um erro ou uma ficção de nosso conhecimento parcial. Através das latitudes e das épocas, os dois antagonistas imortais trocam de dialeto e de nome: um é Parmênides, Platão, Espinosa, Kant, Francis Bradley; o outro, Heráclito, Aristóteles, Locke, Hume, William James. Nas árduas escolas da Idade Média, todos invocam Aristóteles, mestre da razão humana (*Convivio*, IV, 2), mas os nominalistas são Aristóteles; os realistas, Platão. O nominalismo inglês do século XIV ressurge no escrupuloso idealismo inglês do século XVIII; a economia da fórmula de Occam, *entia non sunt multiplicanda praeter necessitatem*, permite ou prefigura o não menos taxativo *esse est percipi*. Os homens, disse Coleridge, nascem aristotélicos ou platônicos; da mente inglesa é possível afirmar que nasceu aristotélica. O real, para essa mente, não são os conceitos abstratos, mas os indivíduos; não o rouxinol genérico, mas os rouxinóis concretos. É natural, talvez seja inevitável, que na Inglaterra a "Ode a um rouxinol" não seja corretamente compreendida.

Que ninguém leia uma reprovação ou um desdém nas palavras anteriores. O inglês recusa o genérico porque sente que o individual é irredutível, inassimilável e ímpar. Um escrúpulo ético, não uma incapacidade especulativa, impede-o de transitar em abstrações como os alemães. Não entende a "Ode a um rouxinol"; essa valiosa incompreensão lhe permite ser Locke, ser Berkeley e ser

Hume, e redigir, há uns setenta anos, as não escutadas e proféticas advertências do *Indivíduo contra o Estado*.

O rouxinol, em todas as línguas do mundo, goza de nomes melodiosos (*nightingale, nachtigall, usignolo*), como se os homens instintivamente tivessem querido que estes não desmerecessem o canto que os maravilhou. Os poetas tanto o exaltaram que agora é um pouco irreal; menos afim à cotovia do que ao anjo. Desde os enigmas saxões do *Livro de Exeter* ("Eu, antigo cantor da tarde, trago aos nobres a alegria nas vilas") até a trágica *Atalanta* de Swinburne, o infinito rouxinol cantou na literatura britânica; Chaucer e Shakespeare celebram-no, Milton e Matthew Arnold, mas é a John Keats que unimos fatalmente sua imagem, assim como a Blake a do tigre.

o espelho
dos enigmas

A ideia de que a Sagrada Escritura tem (além do valor literal) um valor simbólico não é irracional e é antiga: está em Fílon de Alexandria, nos cabalistas, em Swedenborg. Como os fatos referidos pela Escritura são verdadeiros (Deus é a Verdade, a Verdade não pode mentir etc.), devemos admitir que os homens, ao realizá-los, representaram cegamente um drama secreto, determinado e premeditado por Deus. Daí a pensar que a história do universo — e nela nossas vidas e o mais tênue detalhe de nossas vidas — tem um valor inconjecturável, simbólico, não vai uma distância infinita. Muitos devem tê-la percorrido; ninguém tão assombrosamente quanto Léon Bloy. (Nos fragmentos psicológicos de Novalis e no tomo da autobiografia de Machen chamado *The London Adventure* há uma hipótese afim: a de que o mundo externo — as formas, as temperaturas, a Lua — é uma linguagem que nós, os homens, esquecemos, ou que mal soletramos... Também De Quincey[1] a declara: "Até os sons irracionais do globo devem ser outras

1 *Writings*, 1896, v. I, p. 129.

tantas álgebras e linguagens que de algum modo têm suas chaves correspondentes, sua gramática rigorosa e sua sintaxe, e assim as mínimas coisas do universo podem ser espelhos secretos das maiores".)

Um versículo de são Paulo (1 Coríntios, 13, 12) inspirou Léon Bloy: *"Videmus nunc per speculum in aenigmate: tunc autem facie ad faciem. Nunc cognosco ex parte: tunc autem cognoscam sicut et cognitus sum"*. Torres Amat traduz miseravelmente: "No presente não vemos *Deus* senão como num espelho, e sob imagens obscuras; mas então *o* veremos face a face. Eu não *o* conheço agora senão imperfeitamente; mas então eu *o* irei conhecer *com uma visão clara*, da maneira pela qual eu sou conhecido". Quarenta e quatro palavras fazendo as vezes de 22; impossível ser mais palavroso e mais frouxo. Cipriano de Valera é mais fiel: "Agora vemos por espelho, na obscuridade; mas então *veremos* face a face. Agora conheço em parte; mas então conhecerei como sou conhecido". Torres Amat opina que o versículo se refere à nossa visão da divindade; Cipriano de Valera (e Léon Bloy), à nossa visão geral.

Que eu saiba, Bloy não deu forma definitiva à sua conjectura. Ao longo de sua obra fragmentária (pródiga, como ninguém ignora, em lamentos e afrontas) há versões ou facetas variadas. Eis aqui algumas, que resgatei das páginas clamorosas de *Le mendiant ingrat, Le vieux de la montagne* e *L'invendable*. Não creio tê-las esgotado: espero que algum especialista em Léon Bloy (eu não sou) as complete e retifique.

A primeira é de junho de 1894. Traduzo-a assim: "A sentença de são Paulo: '*Videmus nunc per speculum in ae-*

nigmate' seria uma claraboia para se submergir no verdadeiro Abismo, que é a alma humana. A aterradora imensidão dos abismos do firmamento é uma ilusão, um reflexo exterior de *nossos abismos*, percebidos 'num espelho'. Devemos inverter nossos olhos e exercer uma astronomia sublime no infinito de nossos corações, pelos quais Deus quis morrer... Se vemos a Via Láctea, é porque ela existe *verdadeiramente* em nossa alma".

A segunda é de novembro do mesmo ano. "Recordo uma de minhas ideias mais antigas. O czar é o chefe e o pai espiritual de 150 milhões de homens. Responsabilidade atroz, que é só aparente. Diante de Deus, talvez ele não seja responsável senão por uns poucos seres humanos. Se os pobres de seu império estiverem oprimidos durante seu reinado, se desse reinado resultarem catástrofes imensas, quem sabe se o criado encarregado de lhe lustrar as botas não é o único e verdadeiro culpado? Nas disposições misteriosas da Profundidade, quem é de fato czar, quem é rei, quem pode se jactar de ser um mero criado?"

A terceira é de uma carta escrita em dezembro. "Tudo é símbolo, até a dor mais dilacerante. Somos aqueles que dormem e gritam durante o sono. Não sabemos se uma determinada coisa que nos aflige não é o princípio secreto de nossa alegria ulterior. Vemos agora, afirma são Paulo, *per speculum in aenigmate*, literalmente, 'em enigma por meio de um espelho' e não veremos de outro modo até o advento Daquele que está todo em chamas e que deve nos ensinar todas as coisas."

A quarta é de maio de 1904. "*Per speculum in aenigmate*, diz são Paulo. Vemos todas as coisas ao contrário. Quando acreditamos dar, recebemos etc. Então (me diz uma querida alma angustiada) estamos no céu e Deus sofre na terra."

A quinta é de maio de 1908. "Aterradora ideia de Joana, acerca do texto *Per speculum*. Os prazeres deste mundo seriam os tormentos do inferno, vistos *ao contrário*, num espelho."

A sexta é de 1912. Em cada uma das páginas de *L'âme de Napoléon*, livro cujo propósito é decifrar o símbolo *Napoleão*, considerado como precursor de outro herói — homem e símbolo também — que está oculto no futuro. Basta citar duas passagens. Uma: "Cada homem está na Terra para simbolizar algo que ignora e para realizar uma partícula, ou uma montanha, dos materiais invisíveis que servirão para edificar a Cidade de Deus". A outra: "Não há na Terra ser humano algum capaz de declarar quem é, com certeza. Ninguém sabe o que veio fazer neste mundo, a que correspondem seus atos, seus sentimentos, suas ideias, nem qual é o seu *nome* verdadeiro, seu imorredouro Nome no registro da Luz... A história é um imenso texto litúrgico em que os iotas e os pontos não valem menos do que os versículos ou capítulos inteiros, mas a importância de uns e outros é indeterminável e está profundamente oculta".

Os parágrafos anteriores talvez pareçam ao leitor meras gratuidades de Bloy. Que eu saiba, nunca se cuidou de pensar sobre eles. Eu me atrevo a julgá-los verossímeis, e talvez inevitáveis dentro da doutrina cristã. Bloy (repito) não fez outra coisa senão aplicar a toda a Criação o método que os cabalistas judeus aplicaram à Escritura. Eles pensaram que uma obra ditada pelo Espírito Santo era um texto absoluto: ou seja, um texto em que a colaboração do acaso é calculável em zero. Essa premissa portentosa de um livro impermeável à contingência, de um livro que é um mecanismo de propósitos infinitos, levou-os a permutar as palavras da Escritura, a somar o valor numérico das letras, a considerar sua forma, a observar as minúsculas e maiúsculas, a procurar acrósticos e anagramas, e a outros rigores exegéticos de que não é difícil zombar. Sua apologia é que nada pode ser contingente na obra de uma inteligência infinita.[2] Léon Bloy postula esse caráter hieroglífico — esse caráter de escrita divina, de criptografia dos anjos — em todos os instantes e em todos os seres do mundo. O supersticioso crê penetrar nessa escrita orgânica; treze comensais articulam o símbolo da morte; uma opala amarela, o da desgraça...

É duvidoso que o mundo tenha sentido; é mais duvidoso ainda que tenha duplo e triplo sentido, observará o incrédulo. Eu entendo que assim é; mas entendo que o mundo hieroglífico postulado por Bloy é o que mais convém à dignidade do Deus intelectual dos teólogos.

"Nenhum homem sabe quem é", afirmou Léon Bloy. Ninguém melhor do que ele ilustra essa ignorância íntima. Julgava ser um católico rigoroso e foi um continuador dos cabalistas, um irmão secreto de Swedenborg e Blake: heresiarcas.

---

2 O que é uma inteligência infinita?, indagará talvez o leitor. Não há teólogo que não a defina; eu prefiro um exemplo. Os passos que um homem dá, desde o dia de seu nascimento até o de sua morte, desenham no tempo uma inconcebível figura. A Inteligência de Deus intui essa figura imediatamente, assim como a dos homens um triângulo. Essa figura tem (talvez) uma determinada função na economia do universo.

dois livros

O último livro de Wells — *Guide to the New World. A Handbook of Constructive World Revolution* — corre o risco de parecer, à primeira vista, mera enciclopédia de injúrias. Suas páginas perfeitamente legíveis denunciam o Führer, "que chia como um coelho espremido"; Göring, "aniquilador de cidades que, no dia seguinte, varrem os vidros quebrados e retomam as tarefas da véspera"; Eden, "o inconsolável viúvo, quintessência da Liga das Nações"; Josef Stálin, que continua reivindicando, num dialeto irreal, a ditadura do proletariado, "embora ninguém saiba o que é o proletariado, nem como nem onde ele dita suas regras"; o "absurdo Ironside"; os generais do exército francês, "derrotados pela consciência da inépcia, por tanques fabricados na Tchecoslováquia, por berros e boatos radiofônicos e por alguns mensageiros de bicicleta"; a "evidente vontade de derrota" (*will for defeat*) da aristocracia britânica; o "rancoroso cortiço" Irlanda do Sul; o Ministério das Relações Exteriores inglês, "que parece não poupar nenhum esforço para que a Alemanha ganhe a guerra que já perdeu"; sir Samuel Hoare, "mental e moralmente tolo"; os norte-americanos e ingleses que "traíram a causa liberal na Espanha"; os que opinam que essa guerra "é uma guerra de ideologias" e não uma fórmula criminosa "da desordem presente"; os ingênuos que supõem que basta exorcizar ou destruir os demônios Göring e Hitler para que o mundo se torne paradisíaco.

Reuni algumas invectivas de Wells: não são literariamente memoráveis; algumas delas me parecem injustas, mas demonstram a imparcialidade de seus ódios e de sua indignação. Demonstram também a liberdade de que gozam os escritores na Inglaterra, nas horas cruciais de uma batalha. Mais importante que esses epigramas mal-humorados (de que citei apenas alguns poucos e que seria muito fácil triplicar ou quadruplicar) é a doutrina desse manual revolucionário. Tal doutrina pode ser resumida nesta precisa disjuntiva: ou a Inglaterra identifica sua causa com a de uma revolução geral (com a de uma federação do mundo inteiro), ou a vitória é inacessível e inútil. O capítulo XII (pp. 48-54) fixa os fundamentos do mundo novo. Os três capítulos finais discutem alguns problemas menores.

Wells, incrivelmente, não é nazista. Incrivelmente, pois quase todos os meus contemporâneos são, embora o neguem ou ignorem. Desde 1925, não há publicista que não opine que o fato inevitável e trivial de ter nascido num determinado país e de pertencer a uma determinada raça (ou a uma boa mistura de raças) não seja um privilégio singular e um talismã suficiente. Defensores da democracia, que se julgam muito diferentes de Goebbels, instam seus leitores, no próprio jargão do inimigo, a escutar as palpitações de um coração que recolhe os íntimos mandados do sangue e da terra. Lembro-me de certas discussões indecifráveis, durante a Guerra Civil Espanhola. Alguns se declaravam republicanos; outros, nacionalistas; outros ainda, marxistas; todos, num léxico de *Gauleiter*, falavam da Raça e do Povo. Até os homens da foice e do martelo se mostravam racistas... Também me lembro com certo estupor de uma assembleia convocada apenas para confundir o antissemitismo. Há várias razões para que eu não seja antissemita; a principal é esta: a diferença entre judeus e não judeus me parece, em geral, insignificante; às vezes, ilusória ou imperceptível. Ninguém, naquele dia, quis compartilhar minha opinião; todos juraram que um judeu-alemão difere enormemente de um alemão. Em vão lembrei que é exatamente isso o que diz Hitler; em vão insinuei que uma assembleia contra o racismo não deve tolerar a doutrina de uma Raça Eleita; em vão invoquei a sábia declaração de Mark Twain: "Eu não pergunto de que raça é um homem; basta que seja um ser humano; ninguém pode ser nada pior" (*The Man that Corrupted Hadleyburg*, p. 204).

Nesse livro, assim como em outros — *The Fate of Homo Sapiens*, 1939; *The Common Sense of War and Peace*, 1940 —, Wells exorta-nos a recordar nossa humanidade essencial e a refrear nossos miseráveis traços diferenciais, por mais patéticos ou pitorescos que sejam. Na verdade, uma tal exigência não é descabida: limita-se a solicitar dos Estados, para sua melhor convivência, o que uma cortesia elementar solicita dos indivíduos. "Ninguém em seu perfeito juízo", declara Wells, "pensa que os homens da Grã-Bretanha são um povo eleito, uma espécie mais nobre de nazis, que disputam a hegemonia do mundo com os alemães. São a linha de frente da batalha da humanidade. Se não são essa linha de frente, não são nada. Esse dever é um privilégio."

Let the People Think é o título de uma coletânea dos ensaios de Bertrand Russell. Wells, na obra cujo comentário esbocei, nos leva a repensar a história do mundo sem preferência de caráter geográfico, econômico ou étnico; Russell também dispensa conselhos de universalidade. No terceiro artigo — "Free thought and official propaganda" — propõe que as escolas primárias ensinem a arte de ler com incredulidade os jornais. Entendo que essa disciplina socrática não seria inútil. Das pessoas que conheço, muito poucas chegam a soletrá-la. Deixam-se embair por artifícios tipográficos ou sintáticos; pensam que um fato aconteceu porque está impresso em grandes letras negras; confundem a verdade com o corpo 12; não querem entender que a afirmação "Todas as tentativas do agressor para ir além de B fracassaram de maneira sangrenta" é um mero eufemismo para admitir a perda de B. Pior ainda: exercem uma espécie de magia, pensam que formular um temor é colaborar com o inimigo... Russell propõe que o Estado trate de imunizar os homens contra esses agouros e sofismas. Por exemplo, sugere que os alunos estudem as últimas derrotas de Napoleão através dos boletins do *Moniteur*, ostensivamente triunfais. Planeja deveres como este: depois de estudar em textos ingleses a história da guerra com a França, reescrevê-la, do ponto de vista francês. Nossos "nacionalistas" já exercem esse método paradoxal: ensinam a história argentina do ponto de vista espanhol, quando não quíchua ou querandi.

Dos outros artigos, não será o menos certeiro aquele que se intitula "Genealogia do fascismo". O autor começa por observar que os fatos políticos procedem de especulações muito anteriores e que costuma decorrer muito tempo entre a divulgação de uma doutrina e sua aplicação. Assim é: a "candente atualidade" que nos exaspera ou exalta e que, com alguma frequência, nos aniquila não passa de uma reverberação imperfeita de velhas discussões. Hitler, horrendo em exércitos públicos e espiões secretos, é um pleonasmo de Carlyle (1795-1881) e mesmo de J. G. Fichte (1762-1814.); Lenin, uma transcrição de Karl Marx. Daí que o verdadeiro intelectual rejeite os debates contemporâneos: a realidade é sempre anacrônica.

Russell imputa a teoria do fascismo a Fichte e Carlyle. O primeiro, na quarta e na quinta das famosas *Reden an die deutsche Nation*, funda a superioridade dos alemães no fato de possuírem, sem interrupção, um idioma puro. Essa razão é de uma falsidade quase inesgotável; podemos conjecturar que não haja na Terra idioma puro (mesmo que as palavras o fossem, não o são as representações; mesmo que os puristas digam *desporto*, imaginam *sport*);* podemos lembrar que o alemão é menos "puro" que o basco ou o hotentote; podemos indagar por que é preferível um idioma sem mescla... Mais complexa e mais eloquente é a contribuição de Carlyle. Este, em 1843, escreveu que a democracia é o desespero de não encontrar heróis que nos dirijam. Em 1870, aclamou a vitória da "paciente, nobre, profunda, sólida e piedosa Alemanha" sobre a "França fanfarrona, vaidosa, gesticulante, briguenta, intranquila, hipersensível" (*Miscellanies*, tomo VII, p. 251). Elogiou a Idade Média; condenou as rajadas de vento do Parlamen-

---

* Certamente já aportuguesado na forma *esporte*.

to; reivindicou a memória do deus Thor, de Guilherme, o Bastardo, de Knox, Cromwell, Frederico II, do taciturno dr. Francia e de Napoleão; almejou um mundo que não fosse "o caos provido de urnas eleitorais"; abominou a abolição da escravidão; propôs a transformação das estátuas — "horrendos solecismos de bronze" — em úteis banheiras de bronze, defendeu a pena de morte, alegrou-se por haver um quartel em cada lugarejo; adulou a Raça Teutônica de sua invenção. Aqueles que desejarem outras imprecações ou apoteoses podem consultar *Past and Present* (1843) e os *Latterday Pamphlets*, que são de 1850.

Bertrand Russell conclui: "De certo modo, é lícito afirmar que o ambiente do início do século XVIII era racional e o de nosso tempo, antirracional". Eu eliminaria o tímido advérbio que encabeça a frase.

nota ao
23 de agosto
de 1944

Essa concorrida jornada proporcionou-me três assombros heterogêneos: o grau de minha felicidade física quando me anunciaram a libertação de Paris; a descoberta de que uma emoção coletiva pode não ser desprezível; o enigmático e notório entusiasmo de muitos partidários de Hitler. Sei que procurar entender esse entusiasmo é correr o risco de me tornar parecido com esses inúteis hidrógrafos que indagavam por que basta um único rubi para deter o curso de um rio; muitos me acusarão de investigar um fato quimérico. No entanto, ele ocorreu e milhares de pessoas em Buenos Aires podem testemunhá-lo.

Desde o princípio, compreendi que não valia a pena interrogar os próprios protagonistas. Esses versáteis, de tanto praticar a incoerência, perderam toda noção de que esta deve ser justificada: veneram a raça germânica, mas abominam a América "saxônica"; condenam os artigos de Versalhes, mas aplaudiram os prodígios da *Blitzkrieg*; são antissemitas, mas professam uma religião de origem judaica; bendizem a guerra submarina, mas reprovam com vigor as piratarias britânicas; denunciam o imperialismo, mas defendem e promulgam a tese do espaço vital; idolatram san Martín, mas opinam que a independência da América foi um erro; aplicam aos atos da Inglaterra o cânone de Jesus, mas aos da Alemanha o de Zaratustra.

Considerei, também, que toda incerteza era preferível à de um diálogo com esses parentes do caos, para quem a infinita repetição da interessante fórmula *sou argentino* exime da honra e da piedade. Além disso, não pensou Freud e não pressentiu Walt Whitman que os homens dispõem de pouca informação acerca dos móveis profundos de sua conduta? Talvez, disse para mim mesmo, a magia dos símbolos *Paris* e *libertação* seja tão poderosa que os partidários de Hitler esqueceram que eles significam uma derrota das armas deles. Cansado, optei por supor que o gosto pela novidade, o temor e a simples adesão à realidade eram explicações verossímeis para o problema.

Algumas noites mais tarde, um livro e uma lembrança me iluminaram. O livro foi *Man and Superman*, de Shaw; a passagem a que me refiro é aquela do sonho metafísico de John Tanner, em que se afirma que o horror do Inferno é sua irrealidade; essa doutrina pode ser comparada com a de outro irlandês, João Escoto Erígena, que negou a existência substantiva do pecado e do mal e declarou que todas as criaturas, inclusive o Diabo, regressarão a Deus. A lembrança foi daquele dia que é o reverso perfeito e detestado do 23 de agosto: o 14 de junho de 1940. Um germanófilo, de cujo nome não quero me lembrar, entrou naquele dia em minha casa; de pé, da porta, anunciou a enorme notícia: os exércitos nazistas tinham ocupado Paris. Senti um misto de tristeza, asco, mal-estar. Algo que não entendi me deteve: a insolência do júbilo não explicava nem a voz estentórea nem a brusca proclamação. Acrescentou que em pouco tempo os exércitos entrariam em Londres. Toda oposição era inútil, nada poderia impedir a vitória deles. Então compreendi que também ele estava aterrado.

Ignoro se os fatos que relatei exigem elucidação. Creio poder interpretá-los assim: para os europeus e os americanos, há uma ordem — uma única ordem — possível: a que antes teve o nome de Roma e que agora é a cultura do Ocidente. Ser nazi (pretender ser a barbárie enérgica, pretender ser um viking, um tártaro, um conquistador do século XVI, um gaúcho, um pele-vermelha) é, a longo prazo, uma impossibilidade mental e moral. O nazismo padece de irrealidade, como os infernos de Erígena. É inabitável; os homens apenas podem morrer por ele, mentir por ele, matar e ensanguentar por ele. Ninguém, na solidão central de seu eu, pode almejar que ele triunfe. Arrisco esta conjectura: *Hitler quer ser derrotado.* Hitler, de um modo cego, colabora com os inevitáveis exércitos que o aniquilarão, como os abutres de metal e o dragão (que não devem ter ignorado que eram monstruosos) colaboravam, misteriosamente, com Hércules.

sobre o *vathek*
de william beckford

Wilde atribui a seguinte brincadeira a Carlyle: uma biografia de Michelangelo que omitisse toda menção às obras de Michelangelo. Tão complexa é a realidade, tão fragmentária e tão simplificada a história, que um observador onisciente poderia redigir um número indefinido e quase infinito de biografias de um homem, destacando fatos independentes, de modo que teríamos de ler muitas delas antes de entender que o protagonista é o mesmo. Simplifiquemos desmedidamente uma vida: imaginemos que compreenda 13 mil fatos. Uma das biografias hipotéticas registraria a série 11, 22, 33...; outra, a série 9, 13, 17, 21...; outra ainda, a série 3, 12, 21, 30, 39... Não é inconcebível uma história dos sonhos de um homem; outra, dos órgãos de seu corpo; outra, das falácias cometidas por ele; outra, de todos os momentos em que imaginou as pirâmides; outra, de seu comércio com a noite e as auroras. O que foi dito pode parecer puramente quimérico; infelizmente, não é. Ninguém se resigna a escrever a biografia literária de um escritor, a biografia militar de um soldado; todos preferem a biografia genealógica, a biografia econômica, a biografia psiquiátrica, a biografia cirúrgica, a biografia tipográfica. Certa vida de Poe abrange setecentas páginas in-oitavo; o autor, fascinado pelas mudanças de domicílio, mal consegue resgatar um único parêntese para o "Maelström" e para a cosmogonia de *Eureka*. Outro exemplo: esta curiosa revelação do prólogo de uma biografia de Bolívar: "Neste livro se fala tão parcamente de batalhas quanto no que o autor escreveu sobre Napoleão". A brincadeira de Carlyle predizia nossa literatura contemporânea: em 1943, o paradoxal é uma biografia de Michelangelo que tolere alguma menção às obras de Michelangelo.

O exame de uma recente biografia de William Beckford (1760-1844) ditou-me as observações precedentes. William Beckford, de Fonthill, encarnou um tipo bastante trivial de milionário, grão senhor, viajante, bibliófilo, construtor de palácios e libertino; Chapman, seu biógrafo, destrincha (ou procura destrinchar) sua vida labiríntica; mas prescinde de uma análise de *Vathek*, romance a cujas últimas dez páginas William Beckford deve a glória.

Confrontei várias críticas de *Vathek*. O prólogo que Mallarmé redigiu para sua reimpressão de 1876 é rico em observações felizes (exemplo: observa que o romance começa no terraço de uma torre de onde se lê o firmamento, para terminar num subterrâneo encantado), mas está escrito num dialeto etimológico do francês, de ingrata ou impossível leitura. Belloc (*A Conversation with an Angel*, 1928) opina sobre Beckford sem condescender a argumentar; equipara sua prosa à de Voltaire e julga-o um dos homens mais vis de sua época, *one of the vilest men of his time*. Talvez o juízo mais lúcido seja o de Saintsbury, no 11º volume da *Cambridge History of English Literature*.

Na essência, a fábula de *Vathek* não é complexa. Vathek (Harún Benalmotásim Vatik Bilá, nono califa abássida) constrói uma torre babilônica para decifrar os planetas. Estes lhe auguram uma sucessão de prodígios, cujo instrumento será um homem sem par, que virá de uma terra desconhecida. Um mercador chega à capital do império: seu rosto é tão atroz que os guardas que o conduzem à presença do califa avançam de olhos fechados. O mercador vende uma cimitarra ao califa; em seguida, desaparece. Gravados na lâmina há misteriosos caracteres cambiantes, que confundem a curiosidade de Vathek. Um homem (que também desaparece em seguida) decifra-os; um dia significam: "Sou a menor maravilha de uma região onde tudo é maravilhoso e digno do maior príncipe da terra"; outro: "Ai de quem temerariamente aspira a saber o que deveria ignorar". O califa se entrega às artes mágicas; a voz do mercador, na obscuridade, lhe propõe abjurar a fé muçulmana e adorar os poderes das trevas. Se o fizer, poderá se aproximar do Alcáçar do Fogo Subterrâneo. Sob suas abóbadas, poderá contemplar os tesouros que os astros lhe prometeram, os talismãs que subjugam o mundo, os diademas dos sultões pré-adâmicos e de Suleiman Bendaud. O ávido califa se rende; o mercador exige dele quarenta sacrifícios humanos. Transcorrem muitos anos sangrentos; Vathek, com a alma negra de abominações, chega a uma montanha deserta. A terra se abre; com terror e esperança, Vathek desce até o fundo do mundo. Uma silenciosa e pálida multidão de pessoas que não se olham erra pelas majestosas galerias de um palácio infinito. O mercador não lhe mentira: o Alcáçar do Fogo Subterrâneo está repleto de esplendores e talismãs, mas também é o Inferno. (Na história congênere do dr. Fausto e nas muitas lendas medievais que a prefiguraram, o Inferno é o castigo do pecador que pactua com os deuses do Mal; nesta, é o castigo e a tentação.)

Saintsbury e Andrew Lang declaram ou sugerem que a invenção do Alcáçar do Fogo Subterrâneo é a maior glória de Beckford. Eu afirmo que se trata do primeiro Inferno realmente atroz da literatura.[1] Arrisco este paradoxo: o mais ilustre dos avernos literários, o *dolente regno* da *Commedia*, não é um lugar atroz; é um lugar onde acontecem fatos atrozes. A distinção é válida.

Stevenson ("A Chapter on Dreams") relata que nos sonhos da infância era perseguido por um matiz abominável da cor parda; Chesterton (*The Man Who Was Thursday*, IV) imagina que nos confins ocidentais do mundo talvez exista uma árvore que já é mais, e menos, do que uma árvore, e nos confins orientais, algo, uma torre, que só por sua arquitetura já é malvada. Poe, no "Manuscrito encontrado numa garrafa", fala de um mar austral onde o volume do navio cresce como o corpo vivo do marinheiro; Melville dedica muitas páginas de *Moby Dick* a elucidar o horror da brancura insuportável da baleia... Fui pródigo em exemplos; talvez tivesse bastado observar que o Inferno dantesco exacerba a ideia de uma prisão; o de Beckford, os túneis de um pesadelo. *A divina comédia* é o livro mais justificável e mais firme de todas as literaturas; *Vathek* é uma mera curiosidade, *the perfume and suppliance of a minute*; creio, no entanto, que prenuncia, ainda que de modo rudimentar, os satânicos esplendores de Thomas De Quincey e

---

1 Da literatura, disse eu, não da mística: o Inferno eletivo de Swedenborg — *De coelo et inferno*, 545, 554 — é de data anterior.

Poe, de Charles Baudelaire e Huysmans. Existe um intraduzível epíteto inglês, o adjetivo *uncanny*, para denotar o horror sobrenatural; esse epíteto (*unheimlich*, em alemão) é aplicável a certas páginas de *Vathek*; que eu me lembre, a nenhum outro livro anterior.

Chapman indica alguns livros que influenciaram Beckford: a *Bibliothèque Orientale*, de Barthélemy d'Herbelot; os *Quatre Facardins*, de Hamilton; *La princesse de Babylone*, de Voltaire; as sempre desprezadas e admiráveis *Mille et une nuits*, de Galland. Eu complementaria essa lista com os *Carceri d'invenzione*, de Piranesi; águas-fortes elogiadas por Beckford, representando poderosos palácios que são também labirintos inextricáveis. Beckford, no primeiro capítulo de *Vathek*, enumera cinco palácios dedicados aos cinco sentidos; Marino, no *Adone*, já tinha descrito cinco jardins análogos.

William Beckford precisou de apenas três dias e duas noites do inverno de 1782 para redigir a trágica história de seu califa. Escreveu-a em francês; Henley traduziu-a para o inglês em 1785. O original é infiel à tradução; Saintsbury observa que o francês do século XVIII é menos adequado que o inglês para comunicar os "indefinidos horrores" (a frase é de Beckford) da singularíssima história.

A versão inglesa de Henley consta do volume 856 da Everyman's Library; a editora Perrin, de Paris, publicou o texto original, revisado e prefaciado por Mallarmé. É estranho que a laboriosa bibliografia de Chapman ignore essa revisão e esse prefácio.

Buenos Aires, 1943

sobre
the purple land

Esse romance inicial de Hudson é redutível a uma fórmula tão antiga que quase chega a abranger a *Odisseia*; tão elementar que o próprio termo *fórmula* sutilmente a deprecia e desvirtua. O herói começa a caminhar, e as aventuras vêm ao seu encontro. A esse gênero nômade e aleatório pertencem o *Asno de ouro* e os fragmentos do *Satíricon*; *Picwick* e o *Dom Quixote*; *Kim* de Lahore e o *Segundo sombra* de Areco. Chamar de romances picarescos a essas ficções me parece injustificado; em primeiro lugar, pela conotação mesquinha da palavra; em segundo, por suas limitações locais e temporais (século XVI espanhol, século XVII). Além disso, o gênero é complexo. A desordem, a incoerência e a variedade não são inacessíveis, mas é indispensável que as governe uma ordem secreta, que vá se descobrindo gradualmente. Lembrei alguns exemplos ilustres; talvez não haja um só que não mostre defeitos evidentes. Cervantes mobiliza dois tipos: um fidalgo "seco de carnes", alto, ascético, louco e altissonante; um camponês bem fornido, baixo, comilão, cordato e engraçado: essa discórdia tão simétrica e persistente acaba por diminuir a realidade deles, reduzindo-os a figuras de circo. (No sétimo capítulo de *El payador*, nosso Lugones já insinuou essa restrição.) Kipling inventa um Amiguinho de Todo Mundo, o libérrimo Kim: depois de uns poucos capítulos, premido por não sei que patriótica perversão, lhe atribui o horrível ofício de espião. (Em sua autobiografia literária, redigida cerca de 35 anos mais tarde, Kipling mostra-se impenitente e até inconsciente.) Assinalo essas falhas sem animosidade; faço-o apenas para julgar *The Purple Land* com a mesma sinceridade.

Do gênero de romances que estou considerando, os mais rudimentares tendem à mera sucessão de aventuras, à mera variedade; as sete viagens de Simbad, o Marujo, oferecem talvez o exemplo mais puro. Nelas, o herói é um sujeito qualquer, tão impessoal e passivo quanto o leitor. Em outras (não muito mais complexas), os fatos têm a função de mostrar o caráter do herói, quando não seus absurdos e manias; é esse o caso da primeira parte do *Dom Quixote*. Em outras, ainda (que correspondem a uma etapa posterior), o movimento é duplo, recíproco: o herói modifica as circunstâncias, as circunstâncias modificam o caráter do herói. Esse é o caso da segunda parte do *Quixote*, do *Huckleberry Finn*, de Mark Twain, de *The Purple Land*. Essa ficção tem, na verdade, dois argumentos. O primeiro, visível: as aventuras do rapaz inglês Richard Lamb no Uruguai. O segundo, íntimo, invisível: o feliz *acriollamiento* de Lamb, sua conversão gradual a uma moralidade selvagem que lembra vagamente Rousseau e prevê um pouco Nietzsche. Seus *Wanderjahre* são *Lehrjahre* também. Hudson conheceu na própria carne os rigores de uma vida semibárbara, pastoril; Rousseau e Nietzsche, somente através dos volumes sedentários da *Histoire générale des voyages* e das epopeias homéricas. O que se disse não significa que *The Purple Land* seja irrepreensível. Padece de um erro evidente, que é lógico imputar aos acasos da improvisação: a inútil e cansativa complicação de certas aventuras. Penso nas do final: são suficientemente complicadas para cansar a atenção, mas não para interessá-la. Nesses penosos capítulos, Hudson parece não entender que o livro é sucessivo (quase tão puramente sucessivo quanto o *Satíricon* ou *El buscón*) e o sobrecarrega de artifícios desnecessários. Trata-se de um erro bastante comum: Dickens, em seus romances, incorre em prolixidades análogas.

Talvez nenhuma das obras da literatura gauchesca seja superior a *The Purple Land*. Seria deplorável se alguma distração topográfica e três ou quatro erros ou erratas (*Camelones* por *Canelones*, *Aria* por *Arias*, *Gumesinda* por *Gumersinda*) nos escamoteasse essa verdade... *The Purple Land* é fundamentalmente *criolla*. A circunstância de que o narrador seja um inglês justifica certos esclarecimentos e certas ênfases necessárias para o leitor e que pareceriam anômalas num *gaucho* habituado a essas coisas. No número 31 de *Sur*, Ezequiel Martínez Estrada afirma: "Nossas coisas não tiveram poeta, pintor nem intérprete semelhante a Hudson, nem nunca terão. Hernández é uma parcela desse cosmorama da vida argentina que Hudson cantou, descreveu e comentou... Nas últimas páginas de *The Purple Land*, por exemplo, está contida a máxima filosofia e a suprema justificação da América diante da civilização ocidental e dos valores da cultura acadêmica". Martínez Estrada, como se vê, não vacilou em preferir a obra total de Hudson ao mais insigne dos livros canônicos de nossa literatura gauchesca. Em todo caso, o âmbito que abrange *The*

Purple Land é incomparavelmente maior. O *Martín Fierro* (em que pese o projeto de canonização de Lugones) é menos a epopeia de nossas origens — em 1872! — que a autobiografia de um *gaucho* hábil no manejo da faca, falseada por bravatas e lamentos que quase profetizam o tango. Em Ascasubi há traços mais vívidos, mais felicidade, mais coragem, mas tudo isso é fragmentário e secreto em três tomos incidentais, de quatrocentas páginas cada um. *Don Segundo Sombra*, não obstante a veracidade dos diálogos, é prejudicado pelo empenho em agigantar as tarefas mais inocentes. Ninguém ignora que seu narrador é um *gaucho*; daí o caráter duplamente injustificado desse gigantismo teatral, capaz de tornar a condução de uma tropa de novilhos um feito de guerra. Güiraldes infla a voz para relatar os trabalhos cotidianos do campo. Hudson (como Ascasubi, como Hernández, como Eduardo Gutiérrez) narra com toda a naturalidade fatos por vezes atrozes.

Alguém pode observar que em *The Purple Land* o *gaucho* figura apenas de modo lateral, secundário. Tanto melhor para a veracidade do retrato, caberia responder. O *gaucho* é homem taciturno; o *gaucho* desconhece, ou desdenha, as complexas delícias da memória e da introspecção; mostrá-lo autobiográfico e efusivo já é deformá-lo.

Outro acerto de Hudson é o geográfico. Nascido na província de Buenos Aires, no círculo mágico do pampa, escolhe, no entanto, a terra cardã, onde a *montonera** gastou suas primeiras e últimas lanças: o Estado Oriental.**

---

* Milícia de *gauchos*, durante as lutas internas que marcaram o processo histórico de formação da Argentina e do Uruguai, no século XIX.
** A República Oriental do Uruguai.

164

A literatura argentina favorece os *gauchos* da província de Buenos Aires; a razão paradoxal dessa primazia é a existência de uma grande cidade, Buenos Aires, mãe de insignes literatos "gauchescos". Se em vez de perguntar à literatura nos ativermos à história, comprovaremos que esses *gauchos* tão glorificados influíram pouco nos destinos de sua província, nada nos do país. O organismo típico da guerra *gaucha*, a *montonera*, só aparece em Buenos Aires de forma esporádica. É a cidade que manda, quem manda são os caudilhos da cidade. Quando muito, algum indivíduo — Hormiga Negra nos documentos judiciais, Martín Fierro nas letras — consegue, com uma rebeldia de fora da lei, certa notoriedade policial.

Hudson, como eu disse, escolhe para as andanças de seu herói as coxilhas do lado uruguaio. Essa escolha propícia lhe permite enriquecer o destino de Richard Lamb com o acaso e a variedade da guerra — acaso que favorece as ocasiões do amor errante. Macaulay, no artigo sobre Bunyan, maravilha-se de que as imaginações de um homem possam se tornar, com o tempo, lembranças pessoais de muitos outros. As de Hudson perduram na memória; os disparos britânicos retumbando na noite de Paysandú; o *gaucho* ensimesmado que pita com fruição o tabaco negro, antes da batalha; a moça que se entrega a um forasteiro, na secreta margem de um rio.

Melhorando até a perfeição uma frase divulgada por Boswell, Hudson conta que muitas vezes na vida empreendeu o estudo da metafísica, mas que sempre foi interrompido pela felicidade. A frase (uma das mais memoráveis que o trato das letras me ofereceu) é típica do homem e do livro. Em que pese o brusco sangue derramado e as separações, *The Purple Land* é um dos raríssimos livros felizes que há na Terra. (Outro, também norte-americano, também de sabor quase paradisíaco, é o *Huckleberry Finn*, de Mark Twain.) Não penso no debate caótico entre pessimistas e otimistas; não penso na felicidade doutrinária que o patético Whitman inexoravelmente impôs a si mesmo; penso na têmpera venturosa de Richard Lamb, em sua hospitalidade para receber todas as vicissitudes do ser, amigas ou aziagas.

Uma última observação. Perceber ou não os matizes *criollos* pode ser banal, mas o fato é que, de todos os estrangeiros (sem excluir, decerto, os espanhóis), somente o inglês é capaz de percebê-los. Miller, Robertson, Burton, Cunninghame Graham, Hudson.

Buenos Aires, 1941

de alguém
para ninguém

No princípio, Deus é os Deuses (Elohim), plural que alguns denominam majestade e outros plenitude, e que muitos creem ser um eco de antigos politeísmos ou uma premonição da doutrina, proclamada em Niceia, segundo a qual Deus é Um e é Três. Elohim rege verbos no singular; o primeiro versículo da Lei diz literalmente: "No princípio fez os Deuses o céu e a terra". Em que pese a imprecisão que o plural sugere: Elohim é concreto; Deus se chama Jeová e lemos que passeava no jardim ao sopro do dia ou, como dizem as versões inglesas, *in the cool of the day*. Traços humanos o definem; em certa passagem da Escritura, lê-se: "Arrependeu-se Jeová de ter feito homem na Terra e isso lhe pesou no coração; em outro: Porque eu Jeová, teu Deus, sou um Deus ciumento"; e ainda em outro: "Falei no calor de minha ira". O sujeito de tais elocuções é indiscutivelmente Alguém, um Alguém corporal que os séculos irão agigantando e tornando impreciso. Seus títulos variam: Fortaleza de Jacó, Pedra de Israel, Sou Aquele que Sou, Deus dos Exércitos, Rei dos Reis. O último, que sem dúvida inspirou por oposição o Servo dos Servos de Deus, de

Gregório Magno, é no texto original um superlativo de rei: "É propriedade da língua hebraica", diz frei Luis de León, "duplicar assim algumas mesmas palavras quando quer encarecer determinada coisa, para o bem ou para o mal. Dessa forma, dizer *Cantar de cantares* é o mesmo que costumamos dizer em castelhano com *Cantar entre cantares, hombre entre hombres*, isto é, assinalado e eminente dentre todos e mais excelente que outros muitos". Nos primeiros séculos de nossa era, os teólogos habilitam o prefixo *omni*, antes reservado para os adjetivos da natureza ou de Júpiter; grassam as palavras *onipotente, onipresente, onisciente*, que fazem de Deus um respeitoso caos de superlativos inimagináveis. Essa nomenclatura, assim como as outras, parece limitar a divindade: em fins do século V, o autor incógnito do *Corpus Dionysiacum* declara que nenhum predicado afirmativo convém a Deus. Nada se deve afirmar d'Ele; tudo se pode negar. Schopenhauer anota secamente: "Essa teologia é a única verdadeira, mas não tem conteúdo". Redigidos em grego, os tratados e as cartas que formam o *Corpus Dionysiacum* encontram no século IX um leitor que os verte para o latim: Johannes Eriugena ou Scotus, ou seja, João, o Irlandês, cujo nome na história é Escoto Erígena, ou seja, Irlandês Irlandês. Ele formula uma doutrina de caráter panteísta; as coisas particulares são teofanias (revelações ou aparições do divino) e atrás está Deus, que é o único real, "mas que não sabe o que é, pois não é um quê, e é incompreensível para si mesmo e para toda inteligência". Não é sapiente, é mais que sapiente; não é bom, é mais que bom; inescrutavelmente excede e recusa todos os atributos. João, o Irlandês, para defini-lo, lança mão da palavra *nihilum*, que é o nada; Deus é o nada primordial da *creatio ex nihilo*, o abismo em que foram engendrados os arquétipos e, em seguida, os seres concretos. É Nada e Nada; aqueles que o conceberam assim agiram com o sentimento de que isso é mais que um Quem ou um Quê. Analogamente, Samkara ensina que os homens, no sono profundo, são o universo, são Deus.

O processo que acabo de ilustrar é, por certo, aleatório. A magnificação até o nada acontece ou tende a acontecer em todos os cultos; inequivocamente, podemos observá-la no caso de Shakespeare. Um contemporâneo dele, Ben Jonson, gosta dele sem chegar à idolatria, *on this side of Idolatry*; Dryden o declara o Homero dos poetas dramáticos da Inglaterra, mas admite que costuma ser insípido e empolado; o discursivo século XVIII procura aquilatar suas virtudes e repreender suas falhas; Maurice Morgan, em 1774, afirma que o rei Lear e Falstaff não passam de modificações da mente de seu inventor; no início do século XIX, esse juízo é recriado por Coleridge, para quem Shakespeare já não é um homem, mas uma variação literária do infinito Deus de Espinosa. "A pessoa Shakespeare", escreve ele, "foi uma *natura naturata*, um efeito, mas o universal, que está potencialmente no particular, lhe foi revelado, não como se abstraído da observação de uma pluralidade de casos, mas como a substância capaz de infinitas modificações, dentre as quais sua existência pessoal era apenas uma." Hazlitt corrobora ou confirma: "Shakespeare em tudo se assemelhava a todos os homens, exceto no fato de assemelhar-se a todos os homens. No íntimo não era nada, mas era tudo o que são os demais, ou o que podem ser". Hugo, mais tarde, equipara--o ao oceano, que é uma sementeira de formas possíveis.[1]

Ser uma coisa é, inexoravelmente, não ser todas as outras coisas; a intuição confusa dessa verdade induziu os homens a imaginar que não ser é mais do que ser algo e que, de certo modo, é ser tudo. Esta falácia está nas palavras daquele rei legendário do Industão que renuncia ao poder e sai pedindo esmolas pelas ruas: "Doravante, não tenho reino ou meu reino é ilimitado; doravante, meu corpo não me pertence ou toda a Terra me pertence". Schopenhauer escreveu que a história é um interminável e perplexo sonho das gerações humanas; no sonho, há formas que se repetem, talvez não haja nada além de formas; uma delas é o processo que esta página denuncia.

Buenos Aires, 1950

---

1 No budismo, o esquema se repete. Os primeiros textos narram que Buda, ao pé da figueira, intui a infinita concatenação de todos os efeitos e causas do universo, as encarnações passadas e futuras de cada ser; os últimos, redigidos séculos mais tarde, argumentam que nada é real e todo conhecimento é fictício, e que se houvesse tantos Ganges como há grãos de areia no Ganges e, de novo, tantos Ganges como há grãos de areia nos novos Ganges, o número de grãos de areia seria menor do que o número de coisas que Buda *ignora*.

formas de uma lenda

Repugna às pessoas ver um ancião, um doente ou um morto, e no entanto elas estão sujeitas à morte, às doenças e à velhice; Buda declarou que essa reflexão o induziu a abandonar a casa e os pais e a vestir a roupa amarela dos ascetas. O testemunho consta num dos livros do cânone; outro registra a parábola dos cinco mensageiros secretos enviados pelos deuses; são uma criança, um ancião encurvado, um paralítico, um criminoso supliciado e um morto, e avisam que nosso destino é nascer, caducar, adoecer, sofrer justo castigo e morrer. O Juiz das Sombras (nas mitologias do Industão, Yama desempenha esse cargo porque foi o primeiro homem que morreu) pergunta ao pecador se não viu os mensageiros; este admite que sim, mas que não decifrou o aviso; os esbirros encerram-no numa casa tomada pelo fogo. Talvez Buda não tenha inventado essa parábola ameaçadora; basta saber que a proferiu (*Majjhima nikaya*, 130), provavelmente sem nunca tê-la vinculado à sua própria vida.

A realidade pode ser complexa demais para a transmissão oral; a lenda a recria de uma forma que só é falsa acidentalmente, permitindo-lhe percorrer o mundo, de boca em boca. Na parábola e na declaração figuram um homem velho, um homem doente e um homem morto; o tempo fez dos dois textos um único e forjou, ao confundi--los, outra história.

Siddharta, o Bodhisattva, o pré-Buda, é filho de um grande rei, Suddhodana, da estirpe do sol. Na noite de sua concepção, a mãe sonha que no seu lado direito entra um elefante, da cor da neve e com seis presas.[1] Os adivinhos interpretam que seu filho reinará sobre o mundo ou fará girar a roda da doutrina,[2] e ensinará aos homens como se livrar da vida e da morte. O rei prefere que Siddharta alcance grandeza temporal e não eterna, e encerra-o num palácio de que foram afastadas todas as coisas capazes de lhe revelar que é corruptível. Assim transcorrem 29 anos de ilusória felicidade, dedicados ao prazer dos sentidos, mas certa manhã Siddharta sai em sua carruagem e vê, com estupor, um homem encurvado, "cujo cabelo não é como o dos outros, cujo corpo não é como o dos outros", que se apoia numa bengala para andar e cuja carne treme. Pergunta quem é aquele homem; o cocheiro explica que é um ancião e que todos os homens

1 Esse sonho pode ser, para nós, de uma completa feiura. Mas não para os hindus; o elefante, animal doméstico, é símbolo de mansidão; a multiplicação das presas não consegue intimidar os espectadores de uma arte que, para sugerir que Deus é o todo, lavra figuras de múltiplos braços e caras; o seis é número habitual (seis vias da transmigração; seis Budas anteriores a Buda; seis pontos cardeais, contando o zênite e o nadir; seis divindades, que Ayurveda chama as seis portas de Brahma).

2 Essa metáfora pode ter sugerido aos tibetanos a invenção das máquinas de rezar, rodas ou cilindros que giram ao redor de um eixo, cheias de tiras de papel enroladas, nas quais se repetem palavras mágicas. Algumas são manuais; outras parecem grandes moinhos movidos pela água ou pelo vento.

da Terra serão como ele. Siddharta, inquieto, dá ordem de voltar imediatamente, mas em outra saída vê um homem devorado pela febre, tomado pela lepra e pelas chagas; o cocheiro explica que é um doente e ninguém está livre daquele perigo. Em outra saída, vê um homem levado num caixão: o homem imóvel é um morto, explicam-lhe, e morrer é a lei de tudo quanto nasce. Em outra saída, a última, vê um monge das ordens mendicantes que não deseja nem morrer nem viver. A paz está em seu semblante; Siddharta encontrou o caminho.

Hardy (*Der Buddhismus nach älteren Pali-Werken*) elogiou o colorido dessa lenda; um indianista contemporâneo, A. Foucher, cujo tom de zombaria nem sempre é inteligente ou urbano, escreve que, admitida a ignorância prévia do Bodhisattva, a história não carece de gradação dramática nem de valor filosófico. No início do século V de nossa era, o monge Fa-Hien peregrinou nos reinos do Industão em busca de livros sagrados e viu as ruínas da cidade de Kapilavastu e quatro imagens erguidas por Asoka, ao norte, ao sul, a leste e a oeste das muralhas, para comemorar os encontros. No início do século VII, um monge cristão redigiu o romance que se intitula *Barlaão e Josafá*; Josafá (Josafat, Bodhisattva) é filho de um rei da Índia; os astrólogos predizem que reinará sobre um reino maior, que é o da Glória; o rei o encerra num palácio, mas Josafá descobre a desventurada condição humana sob a aparência de um cego, de um leproso e de um moribundo e finalmente é convertido à fé pelo eremita Barlaão. Essa versão cristã da lenda foi traduzida para muitos idiomas, inclusive o holandês e o latim; por solicitação de Haakon Haakonarson, foi produzida na Islândia, em meados do século XIII, uma

Barlaams saga. O cardeal César Barônio incluiu Josafá na sua revisão (1585-90) do Martirológio romano; em 1615, Diogo do Couto denunciou, em sua continuação das *Décadas*, as analogias da falsa fábula indiana com a verdadeira e piedosa história de são Josafá. Tudo isso e muito mais o leitor encontrará no primeiro volume de *Orígenes de la novela*, de Menéndez y Pelayo.

A lenda que em terras ocidentais determinou que Buda fosse canonizado por Roma tinha, porém, um defeito: os encontros que postula são eficazes, mas também inacreditáveis. Quatro saídas de Siddharta e quatro figuras didáticas não condizem com os hábitos do acaso. Menos atentos ao aspecto estético do que à conversão das pessoas, os doutores quiseram justificar essa anomalia; Koeppen (*Die Religion des Buddha*, I, 82) aponta que na última forma da lenda o leproso, o morto e o monge são simulacros que as divindades produzem para instruir Siddharta. Assim, no terceiro livro da epopeia sânscrita *Buddhacarita*, lê-se que os deuses criaram um morto e que nenhum homem o viu enquanto o levavam, exceto o cocheiro e o príncipe. Numa biografia lendária do século XVI, as quatro aparições são quatro metamorfoses de um deus (Wieger, *Vies chinoises du Bouddha*, 37-41).

O *Lalitavistara* fora mais longe. Dessa compilação de prosa e verso escrita num sânscrito impuro, é comum falar com certa ironia; em suas páginas, a história do Redentor é inflada até a opressão e a vertigem. Buda, rodeado por 12 mil monges e 32 mil Bodhisattvas, revela o texto da obra aos deuses; a partir do quarto céu, fixa o período, o continente, o reino e a casta em que renasceria para morrer pela última vez; 80 mil tambores acompanham as palavras de seu discurso e no corpo de sua mãe há a força de 10 mil elefantes. Buda, no estranho poema, dirige todas as etapas de seu destino; faz com que as divindades projetem as quatro figuras simbólicas e, quando pergunta ao cocheiro, já sabe quem são e o que significam. Foucher vê nesse traço um mero servilismo dos autores, que não podem tolerar que Buda não saiba o que sabe um criado; o enigma merece, no meu entender, outra solução. Buda cria as imagens e em seguida indaga de um terceiro o sentido que encerram. Teologicamente, caberia talvez responder: o livro é da escola do Mahyana, que ensina que o Buda temporal é emanação ou reflexo de um Buda eterno; o do céu ordena as coisas, o da terra as padece ou executa. (Nosso século, com outra mitologia ou vocabulário, fala do inconsciente.) A humanidade do Filho, segunda pessoa de Deus, pôde gritar da cruz: "Meus Deus, Meu Deus, por que me abandonaste?"; a de Buda, analogamente, ficou surpresa com as formas que sua própria divindade tinha criado... Para resolver o problema, não são indispensáveis, além do mais, tais sutilezas dogmáticas; basta lembrar que todas as religiões do Industão, e em particular o budismo, ensinam que o mundo é ilusório. *Lalitavistara* quer dizer *minuciosa relação do jogo* (de um Buda), segundo Winternitz; um jogo ou um sonho é, para o Mahyana, a vida de Buda sobre a Terra, que é outro sonho. Siddharta escolhe sua nação e seus pais. Siddharta lavra quatro formas que vão enchê-lo de estupor. Siddharta ordena que outra forma declare o sentido das primeiras; tudo isso é razoável se pensarmos que é um sonho de Siddharta. Melhor ainda se pensarmos que é um sonho em que figura Siddharta (assim como figuram o leproso e o monge) e que ninguém sonha, porque aos olhos do budismo do Norte[3] o mundo e os prosélitos e o Nirvana e a roda das transmigrações e o Buda são igualmente irreais. Ninguém se apaga no Nirvana, é o que se lê num tratado famoso, porque a extinção de inumeráveis seres no Nirvana é como a desaparição de uma fantasmagoria que um feiticeiro cria numa encruzilhada por meio da magia, e noutro lugar está escrito que tudo é mera vacuidade, mero nome, incluindo também o livro que declara isso e o homem que o lê. Paradoxalmente, os excessos numéricos do poema tiram, não acrescentam, realidade; 12 mil monges e 32 mil Bodhisattvas são menos concretos do que *um* monge e *um* Bodhisattva. As vastas formas e os vastos algarismos (o capítulo XII inclui uma série de 23 palavras que indicam a unidade, seguida de um número crescente de zeros, de 9 a 49, 51 e 53) são vastas e monstruosas bolhas, ênfases do Nada. O irreal foi abrindo fendas, assim, na história; primeiro produziu fantásticas figuras, depois o príncipe e, com o príncipe, todas as gerações e o universo.

Em fins do século XIX, Oscar Wilde propôs uma variante; o príncipe feliz morre na reclusão do palácio sem ter descoberto a dor, mas sua efígie póstuma a divisa de cima do pedestal.

A cronologia do Industão é incerta; minha erudição, muito mais; Koeppen e Hermann Beckh talvez sejam tão falíveis quanto o compilador que arrisca esta nota; não me surpreenderia se minha história da lenda fosse lendária, feita de verdade substancial e erros acidentais.

---

3 Rhys Davids proscreve essa locução introduzida por Bournouf, mas seu emprego nessa frase é menos incômodo que o da Grande Travessia ou o do Grande Veículo, que teriam feito o leitor se deter.

das alegorias
aos romances

Para todos nós, a alegoria é um erro estético. (Meu primeiro propósito foi escrever "não passa de um erro da estética", mas logo notei que minha frase comportava uma alegoria.) Que eu saiba, o gênero alegórico foi analisado por Schopenhauer (*Die Welt als Wille und Vorstellung*, I, 50), De Quincey (*Writings*, XI, 198), Francesco De Sanctis (*Storia della letteratura italiana*, VII), Croce (*Estetica*, 39) e Chesterton (*G. F. Watts*, 83); neste ensaio me limitarei aos dois últimos. Croce nega a arte alegórica, Chesterton a defende; opino que a razão está com o primeiro, mas gostaria de saber como pôde gozar de tanto favor uma forma que nos parece injustificável.

As palavras de Croce são cristalinas; basta traduzi-las: "Se o símbolo for concebido como inseparável da intuição artística, será sinônimo da própria intuição, que sempre tem caráter ideal. Se o símbolo for concebido como separável, se por um lado pudermos expressar o símbolo e por outro a coisa simbolizada, recairemos no erro intelectualista; o suposto símbolo é a exposição de um conceito abstrato, é uma alegoria, é ciência, ou arte que arremeda a ciência. Mas também devemos ser justos com o alegórico e observar que em alguns casos ele é inócuo. Da *Jerusalém libertada* pode-se extrair qualquer moralidade; do *Adonis*, de Marino, poeta da lascívia, a reflexão de que o prazer desmesurado termina em dor; diante de uma estátua, o escultor pode colocar um cartaz dizendo que ela é a Clemência ou a Bondade. Tais alegorias adicionadas a uma obra concluída não a prejudicam. São expressões acrescentadas extrinsecamente a outras expressões. À *Jerusalém* se acrescenta uma página em prosa que expressa outro pensamento do poeta; ao *Adonis*, um verso ou uma estrofe que expressa o que o poeta quer dar a entender; à estátua, a palavra *clemência* ou a palavra *bondade*". Na página 222 do livro *La poesia* (Bari, 1946), o tom é mais hostil: "A alegoria não é um modo direto de manifestação espiritual, mas uma espécie de escrita ou criptografia".

Croce não admite diferença entre o conteúdo e a forma. Esta é aquele e aquele é esta. A alegoria lhe parece monstruosa porque aspira a resumir numa forma dois conteúdos: o imediato ou literal (Dante, guiado por Virgílio, chega a Beatriz) e o figurado (o homem finalmente chega à fé, guiado pela razão). Julga que esse modo de escrever comporta trabalhosos enigmas.

Chesterton, para defender o alegórico, começa por negar que a linguagem esgote a expressão da realidade. "O homem sabe que há na alma matizes mais desconcertantes, mais inumeráveis e mais anônimos que as cores de uma floresta outonal. Crê, no entanto, que esses matizes, em todas as suas fusões e conversões, são representáveis com precisão por um mecanismo arbitrário de grunhidos e chiados. Crê que de dentro de um corretor da bolsa possam realmente sair ruídos capazes de exprimir todos os mistérios da memória e todas as agonias do desejo". Declarada insuficiente a linguagem, há lugar para outras formas de expressão; a alegoria pode ser uma delas, como a arquitetura ou a música. É formada por palavras, mas não é uma linguagem da linguagem, um signo de outros signos da virtude valorosa ou das iluminações secretas que essa palavra indica. Um signo mais preciso que o monossílabo, mais rico e mais feliz.

Não sei muito bem qual dos eminentes antagonistas tem razão; sei que, em algum momento, a arte alegórica pareceu encantadora (o labiríntico *Roman de la rose*, que perdura em duzentos manuscritos, consta de 24 mil versos) e agora é intolerável. Sentimos que, além de intolerável, é estúpida e frívola. Nem Dante, que figurou a história de sua paixão na *Vita nuova*; nem o romano Boécio, redigindo na torre de Pavia, à sombra da espada de seu carrasco, o *De consolatione*, teriam entendido esse sentimento. Como explicar a discórdia sem recorrer a uma petição de princípio sobre gostos que mudam?

Observa Coleridge que todos os homens nascem aristotélicos ou platônicos. Os últimos intuem que as ideias são realidades; os primeiros, que são generalizações; para estes, a linguagem não passa de um sistema de signos arbitrários; para aqueles, é o mapa do universo. O platônico sabe que o universo é de algum modo um cosmos, uma ordem; essa ordem, para o aristotélico, pode ser um erro ou uma ficção de nosso conhecimento parcial. Através das latitudes e das épocas, os dois antagonistas imortais trocam de dialeto e de nome: um é Parmênides, Platão, Espinosa, Kant, Francis Bradley; o outro Heráclito, Aristóteles, Locke, Hume, William James. Nas árduas escolas da

Idade Média todos invocam Aristóteles, mestre da razão humana (*Convivio*, IV, 2), mas os nominalistas são Aristóteles; os realistas, Platão. George Henry Lewes opinou que o único debate medieval que tem algum valor filosófico é o que ocorre entre nominalismo e realismo; o juízo é temerário, mas destaca a importância dessa controvérsia tenaz que uma sentença de Porfírio, vertida e comentada por Boécio, provocou no início do século IX, que Anselmo e Roscelino mantiveram no fim do século XI e que Guilherme de Occam reanimou no século XIV.

Como seria de supor, tantos anos multiplicaram ao infinito as posições intermediárias e as distinções; cabe, no entanto, afirmar que para o realismo o primordial eram os universais (Platão diria as ideias, as formas; nós, os conceitos abstratos), e para o nominalismo, os indivíduos. A história da filosofia não é um vão museu de distrações e jogos verbais; verossimilmente, as duas teses correspondem a dois modos de intuir a realidade. Maurice de Wulf escreve: "O ultrarrealismo recolheu as primeiras adesões. O cronista Heriman (século XI) denomina *antiqui doctores* os que ensinam a dialética *in re*; Abelardo fala dela como de uma *antiqua doctrina*, e até o fim do século XII se aplica a seus adversários o nome de *moderni*". Uma tese agora inconcebível pareceu evidente no século IX, e de certo modo perdurou até o século XIV. O nominalismo, antes a novidade de alguns poucos, hoje abrange o mundo todo; sua vitória é tão vasta e fundamental que seu nome se tornou inútil. Ninguém se declara nominalista, porque não há quem seja outra coisa. Tratemos de entender, no entanto, que para os homens da Idade Média o substantivo não eram os homens, mas a humanidade, não os indivíduos, mas a espécie, não as espécies, mas o gênero, não os gêneros, mas Deus. De tais conceitos (cuja mais clara manifestação talvez seja o quádruplo sistema de Erígena) derivou, no meu entender, a literatura alegórica. Esta é a fábula de abstrações, como o romance é uma fábula de indivíduos. As abstrações são personificadas; por isso, em toda alegoria há alguma coisa de romanesco. Os indivíduos que os romancistas propõem querem ser genéricos (Dupin é a Razão, Dom Segundo Sombra, o *gaucho*); nos romances há um elemento alegórico.

A passagem de alegoria a romance, de espécies a indivíduos, de realismo a nominalismo, exigiu alguns séculos, mas me atrevo a sugerir uma data ideal. Aquele dia de 1382 em que Geoffrey Chaucer, que talvez não se julgasse nominalista, quis traduzir para o inglês o verso de Boccaccio "*E con gli occulti ferri i Tradimenti*" (E com ferros ocultos as Traições), e o repetiu deste modo: "*The smyler with the knyf under the cloke*" (O sorridente, com a faca sob a capa). O original se encontra no sétimo livro da *Teseida*; a versão, no "Knightes Tale".

Buenos Aires, 1949

nota sobre
(em busca de)
bernard shaw

No fim do século XIII, Raimundo Lulio (Ramon Llull) preparou-se para esclarecer todos os arcanos mediante uma armação de discos concêntricos, desiguais e giratórios, subdivididos em setores com palavras latinas; John Stuart Mill, no princípio do século XIX, temeu que se esgotasse algum dia o número de combinações musicais e não houvesse lugar no futuro para indefinidos Webers e Mozarts; Kurd Lasswitz, no fim do XIX, brincou com a opressiva fantasia de uma biblioteca universal que registrasse todas as variações dos vinte e tantos símbolos ortográficos, ou seja, tudo quanto é possível exprimir, em todas as línguas. A máquina de Lulio, o temor de Mill e a caótica biblioteca de Lasswitz podem ser motivo de chacota, mas exageram uma propensão que é comum: fazer da metafísica e das artes uma espécie de jogo combinatório. Aqueles que praticam esse jogo esquecem que um livro é mais que uma estrutura verbal, ou que uma série de estruturas verbais; é o diálogo que trava com seu leitor e a entonação que impõe à voz dele e as imagens cambiantes e duráveis que deixa em sua memória. Esse diálogo é infinito; as palavras *amica silentia lunae* significam agora a lua íntima, silenciosa e reluzente, e na *Eneida* significaram o interlúnio, a obscuridade que permitiu aos gregos entrar na cidadela de Troia...[1] A literatura não é esgotável, pela simples e suficiente razão de que um único livro também não é. O livro não é um ente incomunicado: é uma relação, é um eixo de inumeráveis relações. Uma literatura difere de outra, ulterior ou anterior, menos pelo texto do que pela maneira de ser lida: se me fosse outorgado ler qualquer página atual — esta, por exemplo — como a lerão no ano 2000, eu saberia como será a literatura do ano 2000. A concepção da literatura como jogo formal leva, no melhor dos casos, ao bom torneado da frase e da estrofe, a um decoro artesanal (Johnson, Renan, Flaubert), e, no pior, aos incômodos de uma obra feita de surpresas ditadas pela vaidade e pelo acaso (Gracián, Herrera y Reissig).

Se a literatura não fosse mais do que uma álgebra verbal, qualquer um poderia produzir qualquer livro, à força de ensaiar variações. A fórmula lapidar *Tudo flui* abrevia em duas palavras a filosofia de Heráclito: Raimundo Lulio nos diria que, dada a primeira, basta experimentar os verbos intransitivos para descobrir a segunda e obter, graças ao metódico acaso, essa filosofia e outras muitíssimas. Seria possível responder que a fórmula obtida por eliminação careceria de valor e até de sentido; para que tenha alguma virtude devemos concebê-la em função de Heráclito, em

---

1 Assim foram interpretadas por Milton e Dante, a julgar por certas passagens que parecem imitativas. Na *Comédia* (*Inferno*, I, 60; V, 28), temos: "*d'ogni luce muto*" e "*dove il sol tace*" para designar lugares escuros; no *Samson Agonistes* (86-9): "*The Sun to me is dark / And silent as the Moon / When she deserts the night / Hid in her vacant interlunar cave*. Cf. E. M. W. Tillyard, *The Miltonic Setting*, 101.

função de uma experiência de Heráclito, embora "Heráclito" seja apenas o presumível sujeito dessa experiência. Afirmei que um livro é um diálogo, uma forma de relação; no diálogo, um interlocutor não é a soma ou a média daquilo que diz: pode não falar e deixar transparecer que é inteligente, pode emitir observações inteligentes e deixar transparecer estupidez. Com a literatura acontece a mesma coisa; D'Artagnan executa inúmeras façanhas e Dom Quixote é espancado e escarnecido, mas sentimos mais o valor de Dom Quixote. Essa afirmação nos leva a um problema estético até agora não colocado: pode um autor criar personagens superiores a ele próprio? Eu responderia que não, e nessa negação compreenderia aspectos intelectuais e morais. Penso que de nós não sairão criaturas mais lúcidas ou mais nobres que nossos melhores momentos. Nesse juízo fundo minha convicção da preeminência de Shaw. Os problemas sindicais e municipais de suas primeiras obras vão perder seu interesse, ou já perderam; as brincadeiras das *Pleasant Plays* correm o risco de se tornarem, algum dia, não menos incômodas do que as de Shakespeare (desconfio que o humorismo seja um gênero oral, uma graça súbita da conversação, não uma coisa escrita); as ideias manifestadas nos prólogos e as eloquentes tiradas podem ser encontradas em Schopenhauer e Samuel Butler;[2] mas Lavínia, Blanco Posnet, Keegan, Shotover, Richard Dudgeon e, sobretudo, Júlio César superam qualquer personagem imagi-

---

2 Também em Swedenborg. Em *Man and Superman*, lê-se que o Inferno não é um estabelecimento penal, mas um estado que os pecadores mortos escolhem, por razões de íntima afinidade, como os bem-aventurados o Céu; o tratado *De Coelo et Inferno*, de Swedenborg, publicado em 1758, expõe a mesma doutrina.

nado pela arte de nosso tempo. Pensar em Monsieur Teste ao lado deles, ou no histriônico Zaratustra de Nietzsche, é intuir com assombro e mesmo com escândalo a primazia de Shaw. Em 1911, Albert Soergel escreveu, repetindo um lugar--comum da época: "Bernard Shaw é um aniquilador do conceito heroico, um matador de heróis" (*Dichtung und Dichter der Zeit*, 214); não compreendia que o heroico pudesse prescindir do romântico e encarnar no capitão Bluntschli de *Arms and the Man*, não em Sergio Saránoff...

A biografia de Bernard Shaw por Frank Harris contém uma carta admirável de Shaw, de que transcrevo estas palavras: "Compreendo tudo e a todos e sou nada e sou ninguém". Desse nada (tão comparável ao de Deus antes de criar o mundo, tão comparável à divindade primordial que outro irlandês, João Escoto Erígena, chamou *Nihil*), Bernard Shaw tirou um número quase indizível de pessoas, ou *dramatis personae*: penso que a mais efêmera é a do tal F. B. S. que o representou diante do público e esbanjou tantas tiradas fáceis nas colunas dos jornais.

Os temas fundamentais de Shaw são a filosofia e a ética: é natural e inevitável que ele não seja valorizado neste país, ou que o seja unicamente em função de alguns epigramas. O argentino sente que o universo não passa de uma manifestação do acaso, o fortuito concurso de átomos de Demócrito; a filosofia não lhe interessa. A ética também não: o social se reduz, para ele, a um conflito de indivíduos ou de classes ou de nações em que tudo é lícito, exceto ser escarnecido ou vencido.

O caráter do homem e suas variações são o tema essencial do romance de nosso tempo; a lírica é a complacente exaltação de venturas ou desventuras amorosas; as filosofias de Heidegger e de Jaspers fazem de cada um de nós o interessante interlocutor de um diálogo secreto e contínuo com o nada ou com a divindade; essas disciplinas, que formalmente podem ser admiráveis, fomentam aquela ilusão do eu que o Vedanta reprova como erro capital. Costumam brincar com o desespero e com a angústia, mas no fundo deleitam a vaidade; são, nesse sentido, imorais. A obra de Shaw, ao contrário, deixa um sabor de libertação. O sabor das doutrinas do Pórtico e o sabor das sagas.

Buenos Aires, 1951

história dos ecos de um nome

Isolados no tempo e no espaço, um deus, um sonho e um homem que está louco e não o ignora repetem uma obscura declaração; relatar e pesar essas palavras, e seus dois ecos, é a finalidade desta página.

A lição original é famosa. Está registrada no terceiro capítulo do segundo livro de Moisés, chamado Êxodo. Lemos ali que o pastor de ovelhas Moisés, autor e protagonista do livro, perguntou a Deus Seu Nome e Aquele lhe disse: "Sou Aquele que Sou". Antes de examinar essas misteriosas palavras, talvez não seja irrelevante lembrar que para o pensamento mágico, ou primitivo, os nomes não são símbolos arbitrários, mas parte vital do que definem.[1] Assim, os aborígenes da Austrália recebem nomes secretos que os indivíduos da tribo vizinha não devem ouvir. Entre os antigos egípcios, prevaleceu um costume análogo; cada pessoa recebia dois nomes: o nome pequeno, que era conhecido de todos, e o nome verdadeiro ou grande nome, que se mantinha oculto. Segundo a literatura funerária, são muitos os perigos

---

1 Um dos diálogos platônicos, o *Crátilo*, discute e parece negar uma conexão necessária entre as palavras e as coisas.

que a alma corre após a morte do corpo; esquecer o nome (perder a identidade pessoal) talvez seja o maior. Também é importante conhecer os verdadeiros nomes dos deuses, dos demônios e das portas do outro mundo.[2] Escreve Jacques Vandier: "Basta saber o nome de uma divindade ou de uma criatura divinizada para tê-la em seu poder" (*La réligion égyptienne*, 1949). De forma semelhante, De Quincey lembra-nos que era secreto o verdadeiro nome de Roma; nos últimos dias da República, Quinto Valério Sorano cometeu o sacrilégio de revelá-lo, e foi executado...

O selvagem oculta seu nome para que ele não seja submetido a operações mágicas, que poderiam matar, enlouquecer ou escravizar seu portador. Nos conceitos de calúnia e injúria perdura essa superstição, ou sua sombra; não toleramos que certas palavras sejam vinculadas ao som de nosso nome. Mauthner analisou e combateu esse hábito mental.

Moisés perguntou ao Senhor qual era Seu nome: não se tratava, já vimos, de uma curiosidade de ordem filológica, mas de averiguar quem era Deus ou, mais precisamente, o que era. (No século IX, Erígena escreveria que Deus não sabe quem é nem o que é, porque não é um quê nem um quem.)

Que interpretações suscitou a tremenda resposta que Moisés ouviu? Segundo a teologia cristã, "Sou Aquele que Sou" afirma que só Deus existe realmente ou, como ensinou o Maggid de Mesritch, que a palavra *eu* só pode ser pronunciada por Deus. A doutrina de Espinosa, que faz da extensão e do pensamento meros atributos de uma

2 Os gnósticos herdaram ou redescobriram essa singular opinião. Formou-se assim um vasto vocabulário de nomes próprios, que Basílides (segundo Irineu) reduziu à palavra cacofônica ou cíclica *Kaulakau*, espécie de chave universal de todos os céus.

substância eterna, que é Deus, bem pode ser uma exaltação dessa ideia: "Deus, sim, existe; nós é que não existimos", escreveu um mexicano, por analogia.

Segundo essa primeira interpretação, "Sou Aquele que Sou" é uma afirmação ontológica. Outros entenderam que a resposta evita a pergunta; Deus não diz quem é, porque isso ultrapassaria a compreensão de seu interlocutor humano. Martin Buber observa que *Ehych asher ehych* também pode ser traduzido por *Sou aquele que serei* ou *Eu estarei onde estiver*. Moisés, à maneira dos feiticeiros egípcios, teria perguntado a Deus como se chamava, para tê-lo em seu poder; Deus lhe teria respondido, de fato: "Hoje converso contigo, mas amanhã posso assumir qualquer forma, e também as formas da opressão, da injustiça e da adversidade". É o que lemos em *Gog und Magog*.[3]

Multiplicado pelas línguas humanas — *Ich bin der ich bin, Ego sum qui sum, I am that I am* —, o nome sentencioso de Deus, o nome que a despeito de constar de muitas palavras é mais impenetrável e mais firme que os que constam de uma única palavra, cresceu e reverberou através dos séculos até que, em 1602, William Shakespeare escreveu uma comédia. Nela entrevemos, bem lateralmente, um soldado fanfarrão e covarde, um *miles gloriosus*, que conseguiu, por meio de um estratagema, ascender a capitão. A tramoia é descoberta, o homem é publicamente rebaixado e então Shakespeare intervém e põe em sua boca palavras que refletem, como num espelho caído, aquelas

---

3 Buber (*Was ist der Mensch?*, 1938) escreve que viver é penetrar numa estranha moradia do espírito, cujo chão é o tabuleiro em que jogamos um jogo inevitável e desconhecido contra um adversário cambiante e às vezes horrível.

outras que a divindade proferiu na montanha: "Já não serei capitão, mas hei de comer e beber e dormir como um capitão; isso que sou me fará viver". Assim fala Parolles e bruscamente deixa de ser um personagem convencional da farsa cômica e se torna um homem e todos os homens.

A última versão foi produzida por volta de 1740 e tantos, num dos anos que durou a longa agonia de Swift e que talvez tenham sido para ele um só instante insuportável, uma forma da eternidade no inferno. Swift tinha vivido de inteligência glacial e ódio glacial, mas a idiotice sempre o fascinou (como fascinaria Flaubert), talvez porque soubesse que no limite o esperava a loucura. Na terceira parte de *Gulliver* imaginou com ódio minucioso uma estirpe de homens decrépitos e imortais, entregues a minguados apetites que não conseguem satisfazer, incapazes de conversar com os semelhantes, porque o curso do tempo modificou a linguagem, e de ler, porque sua memória não é suficiente para passar de uma linha a outra. Cabe supor que Swift imaginou esse horror porque o temia, ou talvez para esconjurá-lo magicamente. Em 1717, teria dito a Young, o dos *Night Thoughts*: "Sou como essa árvore; começarei a morrer pela copa". Mais do que na sucessão de seus dias, Swift perdura para nós numas poucas frases terríveis. Esse caráter sentencioso e sombrio estende-se às vezes ao que se disse sobre ele, como se aqueles que o julgam não quisessem ficar aquém dele. "Pensar nele é como pensar na ruína de um grande império", escreveu Thackeray. Nada tão patético, no entanto, quanto sua aplicação das misteriosas palavras de Deus.

A surdez, a vertigem, o temor à loucura e, finalmente, a idiotia agravaram e foram aprofundando a melancolia de Swift. Começou a perder a memória. Não queria usar óculos, não conseguia ler e já era incapaz de escrever. Todos os dias suplicava a Deus que lhe enviasse a morte. E numa tarde, velho e louco e já moribundo, ouviram-no repetir, não sabemos se com resignação, desespero ou como quem se afirma e ancora em sua íntima essência invulnerável: "Sou o que sou, sou o que sou".

Serei uma desventura, mas sou, terá sentido Swift; e também *Sou uma parte do universo, tão inevitável e necessária quanto as outras*, e também *Sou o que Deus quer que eu seja, sou o que fizeram de mim as leis universais*, e talvez *Ser é ser tudo*.

Aqui acaba a história da sentença; é suficiente agregar, à maneira de epílogo, as palavras que Schopenhauer disse, já perto da morte, a Eduard Grisebach: "Se às vezes me julguei infeliz, isso se deve a uma confusão, a um erro. Tomei-me por outro, *verbi gratia*, por um suplente que não pode chegar a titular, ou pelo acusado num processo de difamação, ou pelo namorado a quem aquela garota desdenha, ou pelo doente que não pode sair de casa, ou por outras pessoas que padecem de misérias similares. Não fui essas pessoas; isso, no máximo, foi o pano dos trajes que vesti e pus de lado. Quem sou eu realmente? Sou o autor de *O mundo como vontade e representação*, sou aquele que deu uma resposta ao enigma do Ser, que ocupará os pensadores dos séculos futuros. Esse sou eu, e quem poderá pôr isso em discussão nos anos de vida que ainda me restam?". Precisamente por ter escrito *O mundo como vontade e representação*, Schopenhauer sabia muito bem que ser um pensador é tão ilusório quanto ser um doente ou amante desdenhado e que ele era outra coisa, no mais fundo de si. Outra coisa: a vontade, a obscura raiz de Parolles, a coisa que era Swift.

o pudor
da história

No dia 20 de dezembro de 1792, Johann Wolfgang von Goethe (que acompanhara o duque de Weimar num passeio militar a Paris) viu o primeiro exército da Europa ser inexplicavelmente batido em Valmy por milícias francesas e disse a seus amigos desconcertados: "Neste lugar, no dia de hoje, se inicia uma época na história do mundo e podemos dizer que assistimos à sua origem". Desde aquele dia se multiplicaram as jornadas históricas, e uma das tarefas dos governos (especialmente da Itália, Alemanha e Rússia) foi fabricá-las ou simulá-las, com abundância de prévia propaganda e persistente publicidade. Tais jornadas, em que se percebe a influência de Cecil B. de Mille, têm menos relação com a história do que com o jornalismo: desconfio que a história, a verdadeira história, tem mais pudor e que suas datas essenciais podem ser também, durante longo tempo, secretas. Um prosador chinês observou que o unicórnio, justamente pelo fato de ser anômalo, pode passar despercebido. Os olhos veem o que estão habituados a ver; Tácito não percebeu a Crucificação, embora seu livro a registre.

Fui levado a essa reflexão por uma frase casual que entrevi ao folhear uma história da literatura grega que me interessou por ser ligeiramente enigmática. Eis aqui a frase: "*He brought in a second actor*" (Ele introduziu um segundo ator). Interrompi a leitura; verifiquei que o sujeito dessa misteriosa ação era Ésquilo e que ele, conforme se lê no quarto capítulo da *Poética* de Aristóteles, "elevou de um para dois o número dos atores". É sabido que o drama nasceu da religião de Dioniso; originalmente, um único ator, o *hipócrita*, tornado mais alto pelo coturno, vestido de preto ou púrpura, com o rosto aumentado por uma máscara, dividia a cena com os doze indivíduos do coro. O drama era uma das cerimônias do culto e, como todo ritual, alguma vez correu o risco de se tornar invariável. Isso podia ter ocorrido, mas certo dia, quinhentos anos antes da era cristã, os atenienses viram maravilhados e talvez escandalizados (Victor Hugo imaginou essa última hipótese) a inesperada aparição de um segundo ator. Naquele dia de uma primavera remota, naquele teatro da cor do mel, o que pensaram, o que sentiram exatamente? Talvez nem estupor nem escândalo; talvez, apenas, um princípio de assombro. Nas *Tusculanas* consta que Ésquilo ingressou na ordem pitagórica, mas nunca saberemos se pressentiu, mesmo que de modo imperfeito, como era significativa aquela passagem do um ao dois, da unidade à pluralidade, e assim até o infinito. Com o segundo ator entraram o diálogo e as indefinidas possibilidades de reação dos personagens uns sobre os outros. Um espectador profético teria visto que multidões de aparências futuras o acompanhavam: Hamlet e Fausto e Sigismundo e Macbeth e Peer Gynt, e outros que nossos olhos ainda não conseguem discernir.

Descobri, no curso de minhas leituras, outra jornada histórica. Aconteceu na Islândia, no século XIII de nossa era;

digamos, em 1225. Para conhecimento das futuras gerações, o historiador e polígrafo Snorri Sturluson, na sua fazenda de Borgarfjord, escrevia a última empreitada do famoso rei Harald Sigurdarson, chamado o Implacável (Hardrada), que antes militara em Bizâncio, na Itália e na África. Tostig, irmão do rei saxão da Inglaterra, Harold Filho de Godwin, cobiçava o poder e tinha conseguido o apoio de Harald Sigurdarson. Com um exército norueguês, desembarcaram na costa oriental e tomaram o castelo de Jorvik (York). Ao sul de Jorvik, o exército saxão enfrentou-os. Uma vez narrados os fatos anteriores, prossegue o texto de Snorri:

> Vinte cavaleiros aproximaram-se das fileiras do invasor; os homens, e também os cavalos, estavam revestidos de ferro. Um dos cavaleiros gritou:
>
> — Está aí o conde Tostig?
>
> — Não nego estar aqui — disse o conde.
>
> — Se realmente és Tostig — disse o cavaleiro —, venho te dizer que teu irmão te oferece seu perdão e uma terça parte do reino.
>
> — Se eu aceitar — disse Tostig —, o que ele dará ao rei Harald Sigurdarson?
>
> — Não se esqueceu dele — respondeu o cavaleiro. — Ele lhe dará seis pés de terra inglesa e, já que ele é tão alto, mais um.
>
> — Então — disse Tostig —, vai dizer a teu rei que lutaremos até a morte.
>
> Os cavaleiros se foram. Harald Sigurdarson perguntou, pensativo:
>
> — Quem era esse cavaleiro que falou tão bem?
>
> — Harold Filho de Godwin.

Outros capítulos relatam que antes que o sol daquele dia declinasse, o exército norueguês foi derrotado. Harald Sigurdarson pereceu na batalha e também o conde (*Heimskringla*, X, 92).

Há um sabor que nosso tempo (enfastiado, talvez, pelas imitações ineptas dos profissionais do patriotismo) não costuma perceber sem algum receio: o sabor elementar do heroico. Dizem-me que o *Poema del Cid* encerra esse sabor; eu o senti, inconfundível, nos versos da *Eneida* ("Filho, aprende de mim coragem e verdadeira firmeza; de outros, o êxito"), na balada anglo-saxônica de Maldon ("Meu povo pagará o tributo com lanças e velhas espadas"), na *Canção de Rolando*, em Victor Hugo, em Whitman e em Faulkner ("a alfazema, mais forte que o odor dos cavalos e da coragem"), no *Epitáfio para um exército de mercenários*, de Housman, e nos "seis pés de terra inglesa" da *Heimskringla*. Atrás da aparente simplicidade do historiador, há um delicado jogo psicológico. Harold finge não reconhecer o irmão, para que ele, por sua vez, perceba que não deve reconhecê-lo; Tostig não o trai, mas também não vai trair seu aliado; Harold, disposto a perdoar o irmão, mas não a tolerar a intromissão do rei da Noruega, age de uma maneira muito compreensível. Nada direi da destreza verbal de sua resposta: dar uma terça parte do reino, dar seis pés de terra.[1]

Somente uma coisa é mais admirável que a admirável resposta do rei saxão: a circunstância de que seja um islan-

---

1 Carlyle (*Early Kings of Norway*, XI) estraga, com um infeliz acréscimo, essa economia. Aos seis pés de terra inglesa, agrega *for a grave* ("para uma sepultura").

dês, um homem do sangue dos vencidos, quem a tenha perpetuado. É como se um cartaginês nos tivesse legado a memória da façanha de Régulo. Com razão escreveu Saxo Grammaticus em sua *Gesta Danorum*: "Os homens de Thule (Islândia) se deleitam em aprender e registrar a história de todos os povos, e não consideram menos glorioso publicar as excelências alheias do que as próprias".

Não o dia em que o saxão disse suas palavras, mas aquele em que um inimigo as perpetuou, marca uma data histórica. Uma data profética de algo que ainda está no futuro: o esquecimento de sangues e nações, a solidariedade do gênero humano. A oferta deve sua virtude ao conceito de pátria; Snorri, pelo fato de relatá-la, supera-o e transcende-o.

Recordo outro tributo a um inimigo nos capítulos derradeiros dos *Seven Pillars of Wisdom*, de Lawrence; este elogia a coragem de um destacamento alemão e escreve estas palavras: "Então, pela primeira vez nesta campanha, fiquei orgulhoso dos homens que haviam matado meus irmãos". E acrescenta depois: "*They were glorious*".

Buenos Aires, 1952

nova refutação
do tempo

Vor mir war keine Zeit, nach mir wird keine seyn.
Mit mir gebiert sie sich, mit mir geht sie auch ein.*
Daniel von Czepko, *Sexcenta monodisticha sapientum*, III (1655).

NOTA PRELIMINAR

Publicada em meados do século XVIII, esta refutação (ou seu nome) perduraria nas bibliografias de Hume e talvez tivesse merecido uma linha de Huxley ou de Kemp Smith. Publicada em 1947 — depois de Bergson —, é a anacrônica reductio ad absurdum *de um sistema pretérito ou, o que é pior, o frágil artifício de um argentino extraviado na metafísica. Ambas as conjecturas são verossímeis e talvez verdadeiras; para corrigi--las, não posso prometer, em troca de minha dialética rudimentar, uma conclusão inaudita. A tese que vou propalar é tão antiga quanto a flecha de Zenão ou o carro do rei grego, no* Milinda Pañha; *a novidade, se houver, consistirá em aplicar para esse fim o clássico instrumento de Berkeley. Ele e seu continuador, David Hume, têm numerosos parágrafos que contradizem ou excluem minha tese; creio ter deduzido, no entanto, a consequência inevitável da doutrina que formularam.*

O primeiro artigo (A) é de 1944 e foi publicado no nú-

---

* Antes de mim, não havia tempo algum, depois de mim nenhum haverá./ Comigo ele veio à luz, comigo também perecerá.

mero 115 da revista Sur; *o segundo, de 1946, é uma revisão do primeiro. De forma deliberada, não fiz dos dois um só, por entender que a leitura de dois textos análogos pode facilitar a compreensão de uma matéria indócil.*

Uma palavra sobre o título. Não ignoro que ele é um exemplo do monstro que os lógicos denominaram contradictio in adjecto, *pois dizer que é nova (ou antiga) uma refutação do tempo é atribuir-lhe um predicado de natureza temporal que instaura a noção que o sujeito quer destruir. Vou mantê-lo, porém, para que sua ligeiríssima zombaria prove que não exagero a importância desses jogos verbais. Além do mais, nossa linguagem está tão saturada e animada de tempo, que é bem possível que não haja nestas páginas uma frase sequer que de algum modo não o exija ou invoque.*

Dedico estes exercícios a meu antepassado Juan Crisóstomo Lafinur (1797-1824), que legou às letras argentinas um ou outro decassílabo memorável e procurou reformar o ensino da filosofia, purificando-a de sombras teológicas e expondo na cátedra os princípios de Locke e Condillac. Morreu no exílio; tocaram-lhe, como a todos os homens, maus tempos para viver.[1]

J. L. B.
Buenos Aires, 23 de dezembro de 1946

1 Não há exposição do budismo que não mencione o *Milinda Pañha*, obra apologética do século II, que relata um debate cujos interlocutores são o rei da Bactriana, Menandro, e o monge Nagasena. Este argumenta que assim como o carro do rei não é as rodas, nem a caixa, nem o eixo, nem o varal, nem o jugo, tampouco o homem é a matéria, a forma, as impressões, as ideias, os instintos ou a consciência. Não é a combinação dessas partes, nem existe fora delas... Ao cabo de uma controvérsia de muitos dias, Menandro (Milinda) se converte à fé de Buda.

O *Milinda Pañha* foi traduzido para o inglês por Rhys Davids (Oxford, 1890-4).

a

I

- No decurso de uma vida consagrada às letras e (algumas vezes) à perplexidade metafísica, divisei ou pressenti uma refutação do tempo, em que eu mesmo não creio, mas que costuma me visitar durante a noite e no cansaço do crepúsculo, com ilusória força de axioma. Essa refutação está de certo modo em todos os meus livros: anunciada nos poemas "Inscrição em qualquer sepulcro" e "O truco", de meu *Fervor de Buenos Aires* (1923); declarada em certa página de *Evaristo Carriego* (1930) e na narrativa *A morte vivida*, que transcrevo mais adiante. Nenhum dos textos que enumerei me satisfaz, nem sequer o penúltimo da série, menos demonstrativo e argumentado do que divinatório e patético. Vou procurar fundamentar todos com este escrito.

Dois argumentos me levaram a esta refutação: o idealismo de Berkeley e o princípio dos indiscerníveis, de Leibniz.

Berkeley (*Principles of Human Knowledge*, 3) observou: "Todos admitirão que nem nossos pensamentos, nem nossas paixões, nem as ideias formadas por nossa imaginação existem sem a mente. Não é menos claro para mim que as diversas sensações, ou ideias impressas nos sentidos, seja como for que se combinem (*id est*, qualquer que seja o objeto que formem), só podem existir na mente que as perceber... Afirmo que esta mesa existe; ou seja, vejo-a e posso tocá-la. Se, estando fora de meu escritório, afirmo a mesma coisa, quero apenas dizer que se ela estivesse aqui eu a perceberia, ou que outro espírito a estaria percebendo... Falar da existência absoluta de coisas inanimadas, sem relação com o fato de serem ou não percebidas, é para mim insensato. Seu *esse* é *percipi*; não é possível que existam fora das mentes que as percebem". No parágrafo 23, prevendo objeções, acrescentou: "Mas, podem vocês dizer, nada é mais fácil que imaginar árvores num prado ou livros numa biblioteca, sem ninguém por perto para percebê-los. Com efeito, nada é mais fácil. Mas, pergunto-lhes, que terão feito senão formar na mente algumas ideias que chamam *livros* ou *árvores*, omitindo ao mesmo tempo a ideia de alguém que os percebe? Vocês, enquanto isso, não os estavam pensando? Não nego que a mente seja capaz de imaginar ideias; nego que os objetos possam existir fora da mente". Noutro parágrafo, o de número 6, já havia declarado: "Há verdades tão claras que para vê-las basta abrir os olhos. Uma delas é a importante verdade: Todo o coro do céu e os aditamentos da Terra — todos os corpos que compõem a poderosa construção do universo — não existem fora de uma mente; não têm outro ser exceto serem percebidos; não existem quando não os pensamos, ou só existem na mente de um Espírito Eterno".

Essa é, nas palavras de seu inventor, a doutrina idealista. Compreendê-la é fácil; difícil é pensar dentro de seus limites. O próprio Schopenhauer, ao expô-la, comete negligências condenáveis. Nas primeiras linhas do primeiro livro de seu *Die Welt als Wille und Vorstellung* — ano de 1819 — formula esta declaração, que o torna credor da imperecível perplexidade de todos os homens: "O mundo é minha representação. O homem que confessa esta verdade sabe claramente que não conhece um Sol nem uma Terra, mas tão somente uns olhos que veem um sol e uma mão que sente o contato com uma terra". Ou seja, para o idealista Schopenhauer, os olhos e a mão do homem são menos ilusórios ou aparentes do que a Terra e o Sol. Em 1844, publica um tomo complementar. No primeiro capítulo, redescobre e agrava o antigo erro: define o universo como um fenômeno cerebral e distingue "o mundo na cabeça" do "mundo fora da cabeça". Berkeley, no entanto, levara Philonous a dizer, em 1713: "O cérebro de que falas, sendo uma coisa sensível, só pode existir na mente. Eu gostaria de saber se te parece razoável a conjectura de que uma ideia ou coisa na mente ocasiona todas as outras. Se responderes que sim, como explicarás a origem dessa ideia primária ou cérebro?". Ao dualismo ou cerebralismo de Schopenhauer também é justo contrapor o monismo de Spiller. Em *The Mind of Man* (capítulo VIII, 1902), ele argui que a retina e a superfície cutânea invocadas para explicar o visual e o tátil são, por sua vez, dois sistemas táteis e visuais, e que o quarto que vemos (o "objetivo") não é maior que o imaginado (o "cerebral") e não o contém, já que se trata de dois sistemas visuais independentes. Berkeley (*Principles of Human Knowledge*, 10 e 116) negou também as qualidades primárias — a solidez e a extensão das coisas — e o espaço absoluto.

Berkeley afirmou a existência contínua dos objetos, uma vez que, quando algum indivíduo não os percebe,

Deus os percebe; Hume, com mais lógica, a nega (*Treatise of Human Nature*, I, 4, 2); Berkeley afirmou a identidade pessoal, "pois eu não sou meramente minhas ideias, mas outra coisa: um princípio ativo e pensante" (*Dialogues*, 3); Hume, o cético, a refuta e faz de cada homem "uma coleção ou feixe de percepções que se sucedem umas às outras com inconcebível rapidez" (*op. cit.*, I, 4, 6). Ambos afirmam o tempo: para Berkeley, "é a sucessão de ideias que flui uniformemente e da qual todos os seres participam" (*Principles of Human Knowledge*, 98); para Hume, "uma sucessão de momentos indivisíveis" (*op. cit.*, I, 2, 2).

Acumulei transcrições dos apologistas do idealismo, não economizei suas passagens canônicas, fui iterativo e explícito, censurei Schopenhauer (não sem ingratidão), para que meu leitor vá penetrando naquele instável mundo mental. Um mundo de impressões evanescentes; um mundo sem matéria nem espírito, nem objetivo nem subjetivo; um mundo sem a arquitetura ideal do espaço; um mundo feito de tempo, do absoluto tempo uniforme dos *Principia*; um labirinto inexaurível, um caos, um sonho. A essa quase imperfeita desagregação chegou David Hume.

Admitindo-se o argumento idealista, entendo que é possível — talvez inevitável — ir mais longe. Para Hume não é lícito falar da forma da Lua ou de sua cor; a forma e a cor *são* a Lua; também não se pode falar das percepções da mente, uma vez que a mente não é nada além de uma série de percepções. O *Penso, logo existo* cartesiano fica invalidado; dizer *penso* é postular o eu, uma petição de princípio; Lichtenberg, no século XVIII, propôs que em lugar de *penso* disséssemos impessoalmente *pensa*, como quem diz *troveja* ou *relampeja*. Repito: não há um eu secreto atrás dos rostos que governe os atos e receba as impressões; somos unicamente a série desses atos imaginários e dessas impressões errantes. A série? Negando-se o espírito e a matéria, que são continuidades, negando-se também o espaço, não sei que direito temos a essa continuidade que é o tempo. Imaginemos um presente qualquer. Numa das noites do Mississippi, Huckleberry Finn acorda; a balsa, perdida na treva parcial, prossegue rio abaixo; faz talvez um pouco de frio. Huckleberry Finn reconhece o manso rumor incansável da água; abre com negligência os olhos; vê um número impreciso de estrelas, vê um risco indistinto que são as árvores; em seguida, afunda no sono imemorial como numa água escura.[2] A metafísica idealista declara que acrescentar uma substância material (um objeto) e uma substância espiritual (o sujeito) a essas percepções é arriscado e inútil; eu afirmo que não menos ilógico é pensar que são termos de uma série cujo princípio é tão inconcebível quanto seu fim. Agregar ao rio e à margem percebidos por Huck a noção de outro rio substantivo e de outra margem, acrescentar outra percepção a essa rede imediata de percepções é, para o idealismo, injustificável; para mim, não é menos injustificável acrescentar uma precisão cronológica: o fato, por exemplo, de que a cena descrita aconteceu na noite de 7 de junho de 1849, entre as quatro e dez e as quatro e onze. Em outras palavras: nego, com argumentos do idealismo, a vasta série temporal que o idealismo admite. Hume negou a existência de um espaço absoluto,

---

2 Para facilidade do leitor, escolhi um instante entre dois sonhos, um instante literário, não histórico. Se alguém desconfiar de uma falácia, poderá intercalar outro exemplo; de sua vida, se quiser.

em que cada coisa tem seu lugar; eu, a de um tempo único, em que se encadeiam todos os fatos. Negar a coexistência não é menos árduo que negar a sucessão.

Nego, num elevado número de casos, a sucessividade; nego, num elevado número de casos, também a simultaneidade. O amante que pensa "Enquanto eu estava tão feliz, pensando na fidelidade de meu amor, ela me enganava", se engana: se cada estado que vivemos é absoluto, essa felicidade não foi contemporânea dessa traição; a descoberta dessa traição é mais um estado, impróprio para modificar os "anteriores", embora não a lembrança deles. A infelicidade de hoje não é mais real que a felicidade pretérita. Vou dar um exemplo mais concreto. No início de agosto de 1824, o capitão Isidoro Suárez, à frente de um esquadrão de hussardos do Peru, decidiu a vitória de Junín; no início de agosto de 1824, De Quincey publicou uma diatribe contra *Wilhelm Meisters Lehrjahre*; tais fatos não foram contemporâneos (agora são), já que os dois homens morreram: aquele na cidade de Montevidéu, este em Edimburgo, sem saberem nada um do outro... Cada instante é autônomo. Nem a vingança nem o perdão nem as prisões nem sequer o esquecimento podem modificar o invulnerável passado. Não menos inúteis me parecem a esperança e o medo, que sempre se referem a fatos futuros; ou seja, a fatos que não acontecerão conosco, nós que somos o minucioso presente. Dizem-me que o presente, o *specious present* dos psicólogos, dura de alguns segundos a uma minúscula fração de segundo; é o que dura a história do universo. Ou melhor, não existe essa história, como não existe a vida de um homem, nem sequer uma de suas noites; cada momento que vivemos existe, não seu imaginário conjunto. O universo, a soma de todos os fatos, é uma coleção não menos ideal que a de todos os cavalos com que Shakespeare sonhou — um, muitos, nenhum? — entre 1592 e 1594. Acrescento: se o tempo é um processo mental, como podem compartilhá-lo milhares de homens, ou mesmo dois homens diferentes?

O argumento dos parágrafos anteriores, entrecortado e como que sobrecarregado de exemplos, pode parecer confuso. Vou tentar um método mais direto. Consideremos uma vida em cujo decurso as repetições sejam numerosas: a minha, *verbi gratia*. Não passo diante da Recoleta sem recordar que ali estão sepultados meu pai, meus avós e bisavós, assim como eu estarei; recordo, em seguida, já ter recordado a mesma coisa inúmeras vezes; não posso andar pelos arrabaldes na solidão da noite sem pensar que esta nos agrada por abolir os detalhes ociosos, como a recordação; não posso lamentar a perda de um amor ou de uma amizade sem meditar que só se perde o que realmente não se teve; toda vez que atravesso uma das esquinas do sul, penso em você, Helena; toda vez que o sopro do ar me traz um cheiro de eucaliptos, penso em Adrogué, na minha infância; toda vez que recordo o fragmento 91 de Heráclito: "Nunca entrarás duas vezes no mesmo rio", admiro sua destreza dialética, pois a facilidade com que aceitamos o primeiro sentido ("O rio é outro") nos impõe clandestinamente o segundo ("Sou outro") e nos concede a ilusão de tê-lo inventado; toda vez que ouço um germanófilo vituperar o iídiche, fico pensando que o iídiche é, antes de mais nada, um dialeto do alemão, levemente maculado pelo idioma do Espírito Santo. Essas tautologias (e outras que calo) são minha vida inteira. Naturalmente, repetem--se sem precisão; há diferenças de ênfase, de temperatura, de luz, de estado fisiológico geral. Suponho, no entanto, que o número de variações circunstanciais não é infinito; podemos postular, na mente de um indivíduo (ou de dois indivíduos que se ignoram, mas nos quais se opera o mesmo processo), dois momentos iguais. Uma vez postulada essa igualdade, caberia perguntar: Esses momentos idênticos não são o mesmo? Não basta *um único termo repetido* para desbaratar e confundir a série do tempo? Os leitores fervorosos que se entregam a uma linha de Shakespeare não são, literalmente, Shakespeare?

Ignoro, ainda, a ética do sistema que esbocei. Não sei se existe. O quinto parágrafo do quarto capítulo do tratado *Sanhedrin* da Mishnah declara que, para a Justiça de Deus, aquele que mata um único homem destrói o mundo; se não há pluralidade, aquele que aniquilasse todos os homens não seria mais culpado do que o primitivo e solitário Caim, o que é ortodoxo, nem mais universal na destruição, o que pode ser mágico. Penso que é assim. As ruidosas catástrofes gerais — incêndios, guerras, epidemias — são uma só dor, ilusoriamente multiplicada em muitos espelhos. É o que acredita Bernard Shaw (*Guide to Socialism*, 86): "O que você pode padecer é o máximo que se pode padecer na Terra. Se você morrer de inanição sofrerá toda a inanição, que já houve ou haverá. Se 10 mil pessoas morrerem com você, a participação delas em sua sorte não fará com que você tenha 10 mil vezes mais fome nem multiplicará por 10 mil o tempo de sua agonia. Não se deixe desanimar com a horrenda soma dos padecimentos humanos; tal soma não existe. Nem a pobreza nem a dor são acumuláveis". Cf. também *The Problem of Pain*, VII, de C. S. Lewis.

Lucrécio (*De rerum natura*, I, 830) atribui a Anaxágoras a doutrina de que o ouro consta de partículas de ouro; o fogo, de chispas; o osso, de ossinhos imperceptíveis. Josiah Royce, talvez influenciado por santo Agostinho, julga que o tempo é feito de tempo e que "todo presente em que algo acontece é também uma sucessão" (*The World and the Individual*, II, 139). Essa proposição é compatível com a deste trabalho.

II

Toda linguagem é de natureza sucessiva; não é apropriada para pensar o eterno, o intemporal. Aqueles que tiverem acompanhado com desagrado a argumentação anterior talvez prefiram esta página de 1928. Já a mencionei; trata-se do relato que se intitula "A morte vivida".

"Desejo registrar aqui uma experiência que tive noites atrás: insignificância demasiado evanescente e extática para que a chame de aventura; demasiado irracional e emotiva, para pensamento. Trata-se de uma cena e da palavra que ela enseja: palavra que eu já havia dito antes, mas que ainda não tinha vivido com inteira dedicação. Passo a historiá-la, com os acidentes de tempo e lugar que a revelaram.

Assim a rememoro. Na tarde que precedeu aquela noite, estive em Barracas: localidade que não tenho o costume de visitar e cuja distância, das que depois percorri, já dera um sabor estranho àquele dia. A noite que se seguiu não estava programada: como era serena, saí para caminhar e recordar, depois de jantar. Não quis dar rumo à caminhada; procurei uma máxima latitude de probabilidades para não cansar a expectativa com a obrigatória antevisão de uma única dentre elas. Realizei na má medida do possível isso que chamam caminhar a esmo; tendo por único plano consciente evitar as avenidas e ruas largas, aceitei os mais obscuros convites do acaso. Apesar de tudo, uma espécie de gravitação familiar me afastou para bairros de cujo nome quero sempre me lembrar, pois inspiram reverência a meu peito. Não quero me referir com isso a meu bairro, o preciso âmbito da infância, mas, sim, a suas ainda misteriosas imediações: limite que possuí inteiro em palavras e pouco na realidade, vizinho e mitológico a um só tempo. O reverso do conhecido, suas costas, são para mim essas penúltimas ruas, quase tão efetivamente ignoradas quanto o soterrado alicerce de nossa casa ou nosso invisível esqueleto. A marcha me deixou numa esquina. Aspirei noite, em sereníssima folga da atividade de pensar. A visão, sem dúvida nada complicada, parecia simplificada pelo meu cansaço. Tornava-se irreal por sua própria tipicidade. A rua era de casas baixas e, embora sua primeira aparência fosse de pobreza, a segunda era evidentemente de felicidade. Era uma coisa muito pobre e muito mais linda de se ver. Nenhuma casa se animava a chegar até a rua; a figueira dava sombra na esquina; os portõezinhos — mais altos que as linhas compridas das paredes — pareciam feitos da mesma substância infinita da noite. A calçada era escarpada sobre a rua, a rua era de barro elementar, de barro da América, ainda não conquistado. No fundo, o beco, já meio pampa, se esboroava rumo ao Maldonado. Sobre a terra turva e caótica, uma taipa rosada parecia não abrigar a luz da lua, mas sim difundir luz íntima. Não haverá melhor maneira de dar nome à ternura do que aquele rosado.

Fiquei olhando aquela singeleza. Pensei, seguramente em voz alta: Nada mudou em trinta anos... Imaginei essa data: época recente noutros países, mas já remota neste lado tão cambiante do mundo. Um pássaro talvez cantasse e senti por ele um carinho pequenino, do tamanho dele; mas o mais provável é que naquele já vertiginoso silêncio não houvesse ruído algum a não ser o dos grilos, tão intemporal quanto o outro. Este pensamento fácil Estou em 1800 e tantos deixou de ser umas quantas palavras aproximativas para se aprofundar na realidade. Eu me senti morto, me senti percebedor abstrato do mundo; indefinido temor imbuído de ciência que é a melhor clareza da metafísica. Não acreditei, não, ter subido as águas do Tempo; antes, me supus possuidor do sentido reticente ou ausente da inconcebível palavra *eternidade*. Só mais tarde consegui definir aquela imaginação.

Escrevo-a agora, desta forma: essa pura representação de fatos homogêneos — noite serena, paredezinha límpida, cheiro provinciano da madressilva, barro fundamental — não é meramente idêntica à que houve naquela esquina há tantos anos; é, sem semelhanças e repetições, a mesma. O tempo, se pudermos intuir essa identidade, é uma delusão: a indiferença e a inseparabilidade de um momento de seu aparente ontem e de outro de seu aparente hoje bastam para desintegrá-lo.

É evidente que o número de tais momentos humanos não é infinito. Os elementares — os de sofrimento físico e prazer físico, os de aproximação do sono, os de audição de uma só música, os de muita intensidade ou muito desânimo — são mais impessoais ainda. Arrisco esta conclusão antecipada: a vida é pobre demais para não ser também imortal. Mas nem sequer temos a segurança de nossa pobreza, posto que o tempo, facilmente refutável no plano sensível, não o é também no intelectual, de cuja essência parece inseparável o conceito de sucessão. Fique, pois, como uma historieta emocional a vislumbrada ideia e como irresolução confessa desta página o momento verdadeiro de êxtase e a insinuação possível de eternidade de que aquela noite não me foi avara."

b

Das muitas doutrinas que a história da filosofia registra, talvez o idealismo seja a mais antiga e a mais divulgada. A observação é de Carlyle (*Novalis*, 1829); aos filósofos que ele menciona cabe acrescentar, sem esperança de completar a lista infinita, os platônicos, para quem a única coisa real são os protótipos (Norris, Judas, Abrabanel, Gemisto, Plotino), os teólogos, para quem é contingente tudo o que não é a divindade (Malebranche, Johannes Eckhart), os monistas, que fazem do universo um ocioso adjetivo do Absoluto (Bradley, Hegel, Parmênides)... O idealismo é tão antigo quanto a inquietude metafísica; seu apologista mais agudo, George Berkeley, floresceu no século XVIII; contrariamente ao que Schopenhauer declara (*Die Welt als Wille und Vorstellung*, II, I), seu mérito não consistiu na intuição dessa doutrina e, sim, nos argumentos que idealizou para justificá-la. Berkeley utilizou esses argumentos contra a noção de matéria; Hume aplicou-os à consciência; meu propósito é aplicá-los ao tempo. Antes vou recapitular brevemente as diversas etapas dessa dialética.

Berkeley negou a matéria. Isso não significa, entenda-se bem, que tenha negado as cores, os cheiros, os sabores, os sons e os contatos; o que negou foi que, além dessas percepções que compõem o mundo exterior, houvesse algo invisível, intangível, chamado matéria. Negou que houvesse dores que ninguém sente, cores que ninguém vê, formas que ninguém toca. Argumentou que adicionar uma matéria às percepções é adicionar ao mundo um inconcebível mundo supérfluo. Acreditou no mundo de aparências que os sentidos urdem, mas entendeu que o mundo material (digamos, o de Toland) é uma duplicação ilusória. Observou (*Principles of Human Knowledge*, 3): "Todos admitirão que nem nossos pensamentos nem nossas paixões nem as ideias formadas por nossa imaginação existem sem a mente. Não é menos claro para mim que as diversas sensações, ou ideias impressas nos sentidos, seja como for que se combinem (*id est*, qualquer que seja o objeto que formem), só podem existir na mente que as perceber... Afirmo que esta mesa existe; ou seja, vejo-a e posso tocá-la. Se, ao deixar este quarto, afirmar a mesma coisa, só estarei querendo declarar que, se eu estivesse aqui, a perceberia, ou que algum outro espírito a percebe... Falar da existência absoluta de coisas inanimadas, sem relação com o fato de serem ou não percebidas, é para mim insensato. Seu *esse* é *percepi*; não é possível que existam fora das mentes que as percebem". No parágrafo 23, acrescentou, prevendo objeções: "Mas, vocês vão dizer, nada é mais fácil que imaginar árvores num parque ou livros numa biblioteca, sem ninguém por perto para percebê-los. Com efeito, nada é mais fácil. Mas eu lhes pergunto: o que vocês terão feito senão formar na mente algumas ideias que chamam de *livros* ou *árvores*, omitindo ao mesmo tempo a ideia de alguém que os percebe? Vocês, enquanto isso, não os estavam pensando? Não nego que a mente seja capaz de imaginar ideias; nego que as ideias possam existir fora da mente". No parágrafo 6 já havia declarado: "Há verdades tão claras que para vê-las nos basta abrir os olhos. Esta é a importante verdade: Todo o coro do céu e os aditamentos da Terra — todos os corpos que compõem a enorme construção do universo — não existem fora de uma mente; seu único ser é serem percebidos; não existem quando não os pensamos, ou só existem na mente de um Espírito Eterno". (O deus de Berkeley é um espectador ubíquo cuja meta é dar coerência ao mundo.)

A doutrina que acabo de expor foi perversamente interpretada. Herbert Spencer crê refutá-la (*Principles of Psychology*, VIII, 6), argumentando que, se nada houver fora da consciência, esta deverá ser infinita no tempo e no espaço. Quanto ao primeiro elemento, ele é verdadeiro, se entendermos que todo tempo é tempo percebido por alguém, mas será falso se inferirmos que esse tempo deva, necessariamente, abranger um número infinito de séculos; quanto ao segundo, é ilícito, já que Berkeley (*Principles of Human Knowledge*, 116; *Siris*, 266) negou repetidas vezes o espaço absoluto. Ainda mais indecifrável é o erro em que Schopenhauer incorre (*Die Welt als Wille und Vorstellung*, II, 1), ao ensinar que para os idealistas o mundo é um fenômeno cerebral; Berkeley, no entanto, escrevera (*Dialogues Between Hylas and Philonus*, II): "O cérebro, como coisa sensível, só pode existir na mente. Eu gostaria de saber se te parece razoável a conjectura de que uma ideia ou coisa na mente ocasiona todas as outras. Se responderes que sim, como explicará a origem dessa ideia primária ou cérebro?". O cérebro, efetivamente, não é menos parte do mundo exterior que a constelação de Centauro.

Berkeley negou que houvesse um objeto atrás das impressões dos sentidos; David Hume, que houvesse um sujeito atrás da percepção das mudanças. Aquele negara a matéria; este negou o espírito; aquele não quisera que adicionássemos à sucessão de impressões a noção metafísica de matéria; este não quis que adicionássemos à sucessão de estados mentais a noção metafísica de um eu. Tão lógica é essa ampliação dos argumentos de Berkeley que este já a previra, como Alexander Campbell Fraser assinala, e até procurou negá-la mediante o *ergo sum* cartesiano. "Se os seus princípios forem válidos, você mesmo não será mais que um sistema de ideias flutuantes, sem a sustentação de substância alguma, já que é tão absurdo falar de substância espiritual quanto de substância material", argumenta Hylas, antecipando-se a David Hume, no terceiro e último dos *Dialogues*. Hume vem corroborar (*Treatise of Human Nature*, I, 4, 6): "Somos uma coleção ou feixe de percepções que se sucedem umas às outras com inconcebível rapidez... A mente é uma espécie de teatro, onde as percepções aparecem, desaparecem, voltam e se combinam de infinitas maneiras. A metáfora não nos deve enganar. As percepções constituem a mente e não podemos vislumbrar em que lugar ocorrem as cenas nem de que materiais é feito o teatro".

Uma vez admitido o argumento idealista, entendo que é possível — talvez inevitável — ir mais longe. Para Berkeley, o tempo é "a sucessão de ideias que flui uniformemente e da qual todos os seres participam" (*Principles of Human Knowledge*, 98); para Hume, "uma sucessão de momentos indivisíveis" (*Treatise of Human Nature*, I, 2, 23). No entanto, negados a matéria e o espírito, que são continuidades, negado também o espaço, não sei com que direito manteremos essa continuidade que é o tempo. Fora de cada percepção (atual ou conjectural) não existe a matéria; fora de cada estado mental não existe o espírito; tampouco o tempo existirá fora de cada instante presente. Escolhamos um momento de máxima simplicidade: *verbi gratia*, o do sonho de Chuang Tzu (Herbert Allen Giles, *Chuang Tzu*, 1889). Este, há uns 24 séculos, sonhou que era uma borboleta e não sabia, ao acordar, se era um homem que tinha sonhado ser uma borboleta ou uma borboleta que agora sonhava ser um homem. Não consideremos o despertar; consideremos o momento do sonho; ou um dos momentos. "Sonhei que era uma borboleta que andava pelo ar e que nada sabia de Chuang Tzu", diz o antigo texto. Nunca saberemos se Chuang Tzu viu um jardim sobre o qual tinha a impressão de voar ou um triângulo amarelo móvel, que sem dúvida era ele, mas nos consta que a imagem foi subjetiva, embora dada pela memória. A doutrina do paralelismo psicofísico julgará que a essa imagem devia corresponder alguma mudança no sistema nervoso do sonhador; segundo Berkeley, não existia naquele momento o corpo de Chuang Tzu, nem o negro aposento em que sonhava, exceto como uma percepção na mente divina. Hume simplifica ainda mais o ocorrido. Segundo ele, não existia naquele momento o espírito de Chuang Tzu; só existiam as cores do sonho e a certeza de ser uma borboleta. Existia como termo momentâneo da "coleção ou feixe de percepções" que foi, cerca de quatro séculos antes de Cristo, a mente de Chuang Tzu; existiam como termo n de uma infinita série temporal, entre $n - I$ e $n + I$. Para o idealismo, a realidade é unicamente a dos processos mentais; acrescentar à borboleta a afirmação de que ela se percebe como uma borboleta objetiva lhe parece uma duplicação inútil; acrescentar aos processos um eu lhe parece não menos exorbitante. Julga que houve um sonhar, um perceber, mas não um sonhador nem sequer um sonho; julga que falar de objetos e de sujeitos é incorrer numa mitologia impura. Pois bem, se cada estado psíquico é suficiente, se vinculá-lo a uma circunstância ou a um eu é uma adição ilícita e ociosa, com que direito lhe vamos impor, depois, um lugar no tempo? Chuang Tzu sonhou que era uma borboleta e durante aquele sonho não era Chuang Tzu, era uma borboleta. Como, abolidos o espaço e o eu, vincularemos esses instantes aos do despertar e à época feudal da história chinesa? Isso não quer dizer que nunca saberemos, ainda que de maneira aproximada, a data daquele sonho; quer dizer que a fixação cronológica de um acontecimento, de qualquer acontecimento do planeta, é alheia e externa a ele. Na China, o sonho de Chuang Tzu é proverbial; imaginemos que, dentre os seus quase infinitos leitores, um sonhe que é uma borboleta e, em seguida, que é Chuang Tzu. Imaginemos que, por um acaso não de todo impossível, esse sonho repita pontualmente o que o mestre sonhou. Uma vez postulada essa igualdade, pode-se perguntar: Esses instantes que coincidem não são o mesmo instante? Não basta *um único termo repetido* para desbaratar e confundir a história do mundo, para denunciar que não há tal história?

Negar o tempo implica duas negações: negar a sucessão dos termos de uma série e negar o sincronismo dos termos de duas séries. Com efeito, se cada termo é absoluto, suas relações se reduzem à consciência de que essas relações existem. Um estado precede outro quando se sabe anterior; um estado de G é contemporâneo de um estado de H se ele sabe que o é. Contrariamente ao declarado por Schopenhauer[3] em sua tábua de verdades fundamentais (*Die Welt als Wille und Vorstellung*, II, 4), cada fração de tempo não preenche simultaneamente o espaço inteiro, o tempo não é ubíquo. (É claro que, a esta altura do argumento, já não existe o espaço.)

Meinong, em sua teoria da apreensão, admite que ela possa se aplicar aos objetos imaginários: à quarta dimensão, digamos, ou à estátua sensível de Condillac, ou ao animal hipotético de Lotze ou à raiz quadrada de -1. Se as razões que indiquei forem válidas, pertencem também a esse planeta nebuloso a matéria, o eu, o mundo exterior, a história universal, nossas vidas.

De resto, a frase *negação do tempo* é ambígua. Pode significar a eternidade de Platão ou de Boécio e também os dilemas de Sexto Empírico. Este (*Adversus mathematicos*, XI, 197) nega o passado, que já foi, e o futuro, que ainda não é, e discute se o presente é divisível ou indivisível. Não é indivisível, pois nesse caso não teria princípio que o vinculasse ao passado nem fim que o vinculasse ao futuro, nem sequer meio, porque não tem meio o que carece de princípio e fim; tampouco é divisível, pois nesse caso constaria de

---

3 Antes, por Newton, que afirmou: "Cada partícula de espaço é eterna, cada indivisível momento de duração está em toda parte" (*Principia*, III, 42).

uma parte que foi e de outra que não é. *Ergo*, não existe, mas, como também não existem o passado e o futuro, o tempo não existe. F. H. Bradley redescobre e melhora essa perplexidade. Observa (*Appearance and Reality*, IV) que, se o agora for divisível em outros agoras, não será menos complicado que o tempo, e se for indivisível, o tempo será uma mera relação entre coisas intemporais. Tais raciocínios, como se vê, negam as partes para em seguida negar o todo; eu recuso o todo para exaltar cada uma das partes. Pela dialética de Berkeley e Hume cheguei ao juízo de Schopenhauer: "A forma do aparecimento da vontade é só o presente, não o passado nem o futuro; estes não existem senão como conceito e mediante o encadeamento da consciência, submetida ao princípio da razão. Ninguém viveu no passado e ninguém viverá no futuro: o presente é a forma de toda vida, é um bem que nenhum mal consegue arrebatar-lhe... O tempo é como um círculo que girasse infinitamente: o arco que desce é o passado, o que sobe, o futuro; acima, há um ponto indivisível que a tangente toca e que é o agora. Imóvel como a tangente, esse ponto inextenso marca o contato do objeto, cuja forma é o tempo, com o sujeito, que carece de forma porque não pertence ao cognoscível e é condição prévia do conhecimento" (*Die Welt als Wille und Vorstellung*, I, 54). Um tratado budista do século V, o *Visuddhimagga* (Caminho da pureza), ilustra a mesma doutrina com a mesma figura: "A rigor, a vida de um ser dura o que dura uma ideia. Como uma roda de carruagem, ao rodar, toca a terra num só ponto, dura a vida o que dura uma única ideia" (Radhakrishman, *Indian Philosophy*, I, 373). Outros textos budistas dizem que o mundo se aniquila e ressurge 6,5 bilhões de vezes por dia e que todo homem é uma ilusão, vertiginosamente operada por uma série de homens momentâneos e sós. "O homem de um momento pretérito", nos adverte o *Caminho da pureza*, "viveu, mas não vive nem viverá; o homem de um momento futuro viverá, mas não viveu nem vive; o homem do momento presente vive, mas não viveu nem viverá" (*op. cit.*, I, 407), afirmação que podemos comparar com esta de Plutarco (*De E apud Delphos*, 18): "O homem de ontem morreu no de hoje; o de hoje morre no de amanhã".

And yet, and yet... Negar a sucessão temporal, negar o eu, negar o universo astronômico são desesperos aparentes e consolos secretos. Nosso destino (à diferença do inferno de Swedenborg e do inferno da mitologia tibetana) não é terrível por ser irreal; é terrível porque é irreversível e de ferro. O tempo é a substância de que sou feito. O tempo é um rio que me arrebata, mas eu sou o rio; é um tigre que me destroça, mas eu sou o tigre; é um fogo que me consome, mas eu sou o fogo. O mundo, infelizmente, é real; eu, infelizmente, sou Borges.

> *Freund, es ist auch genug. Im Fall du mehr willst lesen,*
> *So geh und werde selbst die Schrift und selbst das Wesen.**
> (Angelus Silesius: *Cherubinischer Wandersmann*, VI, 263, 1675)

---

* Amigo, já basta. Se queres ler mais,/ vai e faze de ti mesmo a escrita e de ti mesmo o Ser.

sobre os
clássicos

Poucas disciplinas haverá de maior interesse que a etimologia: isso se deve às imprevisíveis transformações do sentido primitivo das palavras, ao longo do tempo. Uma vez dadas tais transformações, que podem beirar o paradoxo, de nada ou quase nada nos servirá para o esclarecimento de um conceito a origem de uma palavra. Saber que cálculo, em latim, quer dizer pedrinha e que os pitagóricos usaram essas pedrinhas antes da invenção dos números não nos permite dominar os arcanos da álgebra; saber que hipócrita era ator e *persona*, máscara, não é um instrumento valioso para o estudo da ética. Da mesma forma, para fixar o que hoje entendemos por clássico, é inútil saber que esse adjetivo provém do latim *classis*, frota, que mais tarde adquiriria o sentido de ordem. (Lembremos, de passagem, a formação análoga de *ship-shape*.)

O que é, agora, um livro clássico? Tenho ao alcance da mão as definições de Eliot, Arnold e Sainte-Beuve, sem dúvida razoáveis e luminosas, e gostaria de estar de acordo com esses ilustres autores, mas não vou consultá-los. Completei sessenta e tantos anos; na minha idade, as coincidências ou novidades importam menos que o que consideramos verdadeiro. Vou me limitar, portanto, a declarar o que pensei sobre esse ponto.

Meu primeiro estímulo foi uma *História da literatura chinesa* (1901) de Herbert Allen Giles. No seu segundo capítulo, li que um dos cinco textos canônicos que Confúcio editou é o *Livro das mutações* ou *I Ching*, formado por 64 hexagramas, que esgotam as combinações possíveis de seis linhas partidas ou inteiras. Um dos esquemas, por exemplo, consta de duas linhas inteiras, uma partida e três inteiras, dispostas verticalmente. Um imperador pré-histórico teria descoberto essas linhas na carapaça de uma das tartarugas sagradas. Leibniz imaginou ver nos hexagramas um sistema binário de numeração; outros, uma filosofia enigmática; outros, como Wilhelm, um instrumento para a adivinhação do futuro, já que às 64 figuras correspondem as 64 fases de qualquer empreendimento ou processo; outros, um vocabulário de certa tribo; outros, um calendário. Lembro que Xul Solar costumava reconstruir esse texto com palitos ou fósforos. Para os estrangeiros, o *Livro das Mutações* corre o risco de parecer uma mera *chinoiserie*; mas milênios de gerações de homens muito cultos o leram e releram com devoção e continuarão lendo. Confúcio declarou a seus discípulos que se o destino lhe outorgasse mais cem anos , dedicaria a metade deles a seu estudo e ao dos comentários, ou *asas*.

Escolhi, deliberadamente, um exemplo extremo, uma leitura que exige um ato de fé. Chego, agora, à minha tese. Clássico é aquele livro que uma nação ou um grupo de nações ou o longo tempo decidiram ler como se em suas páginas tudo fosse deliberado, fatal, profundo como o cosmos e capaz de interpretações sem fim. Previsivelmente, essas decisões variam. Para os alemães e austríacos *Fausto* é uma obra genial; para outros, uma das mais famosas formas do tédio, como o segundo *Paraíso* de Milton ou a obra de Rabelais. Livros como o de Jó, *A divina comédia*, *Macbeth* (e, para mim, algumas das sagas do Norte) prometem uma longa imortalidade, mas nada sabemos do futuro, exceto que diferirá do presente. Uma preferência pode muito bem ser uma superstição.

Não tenho vocação para iconoclasta. Por volta de 1930, acreditava, sob a influência de Macedonio Fernández, que a beleza é privilégio de uns poucos autores; agora sei que é comum e que está à nossa espreita nas páginas casuais do medíocre ou numa conversa de rua. Assim, meu desconhecimento das letras malaias ou húngaras é total, mas estou seguro de que, se o tempo me oferecesse a ocasião de estudá-las, nelas encontraria todos os alimentos que o espírito requer. Além das barreiras linguísticas intervêm as barreiras políticas ou geográficas. Burns é um clássico na Escócia; ao sul do Tweed, tem menos interesse que Dunbar ou Stevenson. A glória de um poeta depende, em suma, da excitação ou da apatia das gerações de homens anônimos que a põem à prova, na solidão das bibliotecas.

As emoções que a literatura suscita talvez sejam eternas, mas os meios devem variar constantemente, pelo menos de um modo levíssimo, para não perderem sua virtude. Vão se desgastando à medida que o leitor os reconhece. Daí o perigo de afirmar que existem obras clássicas e que elas continuarão como tais para sempre.

Cada um pode descrer de sua arte e seus artifícios. Eu, que me resignei a pôr em dúvida a perduração indefinida de Voltaire ou Shakespeare, creio (nesta tarde, num dos últimos dias de 1965) na de Schopenhauer e na de Berkeley.

Clássico não é um livro (repito) que necessariamente possui estes ou aqueles méritos; é um livro que as gerações humanas, premidas por razões diversas, leem com prévio fervor e misteriosa lealdade.

epílogo

*Ao corrigir as provas, descobri duas tendências na misce-
lânea de trabalhos deste volume.*

*Uma, a apreciar as ideias religiosas ou filosóficas por
seu valor estético e mesmo pelo que encerram de singular e
maravilhoso. Talvez isso seja indício de um ceticismo essencial. Outra, a pressupor (e verificar) que o número de
fábulas ou de metáforas de que é capaz a imaginação humana é limitado, mas que essas contadas invenções podem
ser tudo para todos, como disse o Apóstolo.*

*Quero também aproveitar esta página para corrigir um
erro. Num ensaio atribuí a Bacon a ideia de que Deus compôs
dois livros: o mundo e a Sagrada Escritura. Bacon limitou-se a
repetir um lugar-comum da Escolástica; no* Breviloquium *de
são Boaventura — obra do século* XIII — *lê-se:* Creatura mundi est quasi quidam liber in quo legitur Trinitas.* *Veja-se
Etienne Gilson:* La philosophie au Moyen Âge, *pp. 442-64.*

J. L. B.
Buenos Aires, 25 de junho de 1952

---

* O mundo criado é como um livro em que se lê a Trindade.

jorge Francisco Isidoro luis borges Acevedo nasceu em Buenos Aires, em 24 de agosto de 1899, e faleceu em Genebra, em 14 de junho de 1986. Antes de falar espanhol, aprendeu com a avó paterna a língua inglesa, idioma em que fez suas primeiras leituras. Em 1914 foi com a família para a Suíça, onde completou os estudos secundários. Em 1919, nova mudança — agora para a Espanha. Lá, ligou-se ao movimento de vanguarda literária do ultraísmo. De volta à Argentina, publicou três livros de poesia nos anos 1920 e, a partir da década seguinte, os contos que lhe dariam fama universal, quase sempre na revista *Sur*, que também editaria seus livros de ficção. Funcionário da Biblioteca Municipal Miguel Cané a partir de 1937, dela foi afastado em 1946 por Perón. Em 1955 seria nomeado diretor da Biblioteca Nacional. Em 1956, quando passou a lecionar literatura inglesa e americana na Universidade de Buenos Aires, os oftalmologistas já o tinham proibido de ler e escrever. Era a cegueira, que se instalava como um lento crepúsculo. Seu imenso reconhecimento internacional começou em 1961, quando recebeu, junto com Samuel Beckett, o prêmio Formentor dos International Publishers — o primeiro de uma longa série.

Esta obra foi composta em
Walbaum por warrakloureiro,
e impressa em ofsete pela
Lis Gráfica sobre papel
Pólen da Suzano S.A.
para a Editora Schwarcz
em abril de 2024.

A marca FSC® é a garantia de que a madeira utilizada na fabricação do papel deste livro provém de florestas que foram gerenciadas de maneira ambientalmente correta, socialmente justa e economicamente viável, além de outras fontes de origem controlada.